사 라 지 지   않 는 다

클라라 뒤퐁-모노 지음

이정은 옮김

필름○

"만일 이 사람들이 침묵하면 돌들이 소리 지르리라."

누가복음, 19:40

"'정상'이라는 것이 무슨 뜻이지? 어머니는 정상이고,
오빠도 정상이야. 나는 그들처럼 되고 싶은 마음이 전혀 없어!"

브누아 페테르스와 프랑수아 스퀘텐,
《기울어진 아이(L'Enfant penchée)》

차례

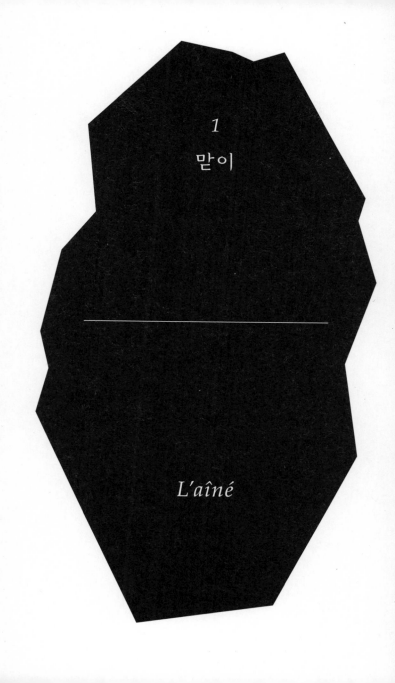

1

만이

L'aîné

어느 날 어느 가족에게 부적응한 아이가 태어났다. '부적응하다'는 말은 품위가 떨어지는 추한 단어이기는 하지만, 그래도 흐느적거리는 몸, 고정되지 않는 텅 빈 눈길이라는 현실을 말해 준다. '망가졌다'는 단어는 부적절할 테고, '불완전하다'는 단어 역시 그럴 것이다. 그만큼 이 두 범주는 폐기 처분해야 마땅할 쓸모없는 무언가를 연상시킨다. '부적응하다'는 말은 아이가 기능적인 틀(붙잡는 손, 걸어가는 다리)의 바깥에 존재하며, 다른 삶들에 완전히 통합되어 있지는 않지만 어쨌거나 그 가장자리에 엄연히 자리 잡고 있음을 뜻한다. 마치 그림의 한구석에 자리한, 불청객이지만 동시에 화가의 의도에 따라 존재하는 그림자처럼.

처음에 가족은 문제가 있다는 사실을 깨닫지 못했다. 심지어 아이는 무척 아름다웠다. 어머니는 마을과 인근 동네에서 찾아온 손님들을 맞았다. 자동차의 문들이 요란하게 닫혔고, 몸들이 구부러져 나오며 몇 발짝씩 비틀거렸다. 그 마을까지 오려면 좁고 구불거리는 도로로 차를 타고 와야 했다. 그러느라 사람들은 속이 울렁거렸다. 어떤 지인들은 아주 가까운 산에서 왔는데, 이때 '가깝다'는 말은 사실 아무런 의미가 없었다. 한 장소에서 다른 장소로 가려면 자동차로 산을 올랐다가 내려가야 했다. 도로에서 이리저리 흔들릴 수밖에 없었다. 마을의 안뜰에 서 있으면 때로 거대하고 움직이지 않는 거품이 잔뜩 이는 초록 파도에 둘러싸여 있는 느낌이 들었다. 바람이 불어 나무를 흔들 때면 바다가 울부짖는 듯했다. 그러면 그곳은 폭풍우에도 안전한 섬 같았다.

안뜰에는 검은 못이 박힌 육중한 나무로 된 사

각형 문이 나 있었다. 알 만한 사람들은 그것이 세벤 Cévennes 산맥에 몇 세기 전부터 자리 잡고 살아온 선조들이 만들었을 중세 시대 문이라고 말했다. 먼저 그 두 채의 집을 세웠고, 뒤이어 강가를 따라 집에 차양을 덧대고 빵 굽는 화덕과 장작 저장고, 방앗간을 지었다. 좁은 도로가 작은 다리로 변하며 강물 위로 난 집의 테라스가 보일 때면, 자동차 안에서 사람들이 안도의 한숨을 내쉬는 소리가 들렸다. 처음 보이는 집 뒤에 두 번째 집이 나란히 서 있었는데, 아이가 태어난 바로 그 집에 중세에 만든 나무 문이 달려 있었고, 어머니는 그 두 문짝을 열어 친구들과 가족을 맞이했다. 그녀는 알밤으로 만든 술을 대접했고, 손님들은 공터의 그늘에 옹기종기 모여 그 술을 마시며 황홀해했다. 사람들은 덱 체어에 얌전히 누워 있는 아이를 놀래지 않으려고 가만히 말했다. 오렌지 꽃 냄새가 향긋했다. 아이는 주의 깊고 얌전해 보였다. 뺨이 동글고 창백했으며, 머리카락은 짙은 갈색에 두 눈은 검었다. 그 지역에 속하는 그곳의 아이였다. 산맥은 발을 강물에 담그고 온몸으로 바람을 맞으며 아이가 누워 있는 의자를 지키는 점잖은 부인들 같았다. 아이는 그곳의 다른 이들과 닮은 한 무리로 받아들여졌다. 그곳에서 아이들은 눈이 검었고, 늙은이들은 몸이 마르고 억세었다. 모든 것이 순리대로였다.

　석 달이 지나서 아이가 옹알이를 하지 않는다는 사실을 깨달았다. 아이는 울 때만 빼면 대체로 조용했다. 가끔 어렴풋이 미소를 지었고, 눈썹을 찡그렸고, 젖병을 입에서 뗀 다음에 한숨을 내쉬었고, 문이 쾅 닫힐 때면 소스라쳤다. 그게 전부였다. 울음, 미소, 찡그림, 한숨, 소스라침. 다른 것은 없었다. 아이는 팔다리를 휘젓지 않았다. 얌전히 있었다─부모는 말로 표현하지는 않았지만 '꿈쩍도 않는다'라고 생각했다. 아이는 사람들의 얼굴이나 허공에 매달린 모빌, 딸랑이에 아무 관심도 보이지 않았다. 무엇보다 아이의 검은 눈은 그 어느 것에도 머무르지 않았다. 눈길은 떠돌다 옆으로 달아났다. 그런 다음에 그 눈동자는 보이지 않는 어느 곤충의 춤을 따라가며 서성이다가 다시 허공에 고정되었다. 아이는 강에 난 다리도, 높다

12

란 집 두 채도 보지 못했고, 폭풍우나 호송대 때문에 무수히 허물었다 다시 세운 붉은 돌들로 된 아주 오래된 담장으로 도로와 분리된 안뜰도 보지 못했다. 등에 나무가 무수히 심기고 급류로 갈라진 거친 산도 쳐다보지 않았다. 아이의 두 눈은 풍경과 사람들을 어루만졌다. 하지만 머물지 않았다.

어느 날 아이가 덱 체어에 누워 있을 때, 어머니가 그 앞에 무릎을 꿇고 앉았다. 손에 오렌지를 한 개 들고 있었다. 어머니는 아이 앞에서 오렌지를 들고 가만히 움직여 보았다. 커다란 검은 눈은 아무것에도 걸쳐지지 않았다. 그 눈은 다른 것을 쳐다보고 있었다. 아무도 그것이 무엇인지는 알지 못했다. 어머니는 오렌지를 다시 여러 번 움직였다. 그리고 아이가 잘 보지 못하거나 전혀 보지 못한다고 확신하게 되었다.

바로 그 순간, 어떤 바람이 한 어머니의 마음을 가로질렀을지는 아무도 모르리라. 이 이야기를 하는 안뜰의 붉은 돌들인 우리는 아이들에게 애착을 갖게 되었다. 우리는 바로 그 아이들의 이야기를 하고자 한다.

벽에 박혀 있는 우리는 아이들의 삶을 굽어본다. 수천 년 전부터 우리는 증인이었다. 아이들은 언제나 이야기에서 잊히는 존재다. 사람들은 아이들을 어린 양처럼 집으로 들여보내고, 아이들을 보호한다기보다는 멀리 떼어 놓는다. 하지만 아이들은 돌멩이를 장난감으로 삼는 유일한 존재다. 그들은 우리에게 이름을 붙이고, 우리를 얼룩덜룩하게 만들며 그림과 글씨를 잔뜩 써 넣고, 우리를 색칠하고, 우리에게 눈과 입, 들풀로 된 머리카락을 붙이고, 우리를 쌓아서 집을 만들고, 우리를 던져 물수제비를 뜨고, 우리를 줄지어 놓아 골문의 경계나 기찻길로 삼는다. 어른들은 우리를 사용하고, 아이들은 우리를 다른 용도로 돌려쓴다. 바로 그 때문에 우리는 아이들에게 깊은 애착을 느낀다. 이것은 감사하는 마음의 문제다. 우리는 그들에게 이 이야기를 빚졌다—모든 어른은 어린 시절의 자신에게 빚을 지고 있다는 사실을 기억해야 할 것이다. 그래서 아버지가 안뜰에 아이들을 불러 모았을 때 우리가 바라본 것은 바로 아이들이었다.

플라스틱 의자들이 바닥에 끌렸다. 아이는 둘이었다. 맏이인 남자아이와 손아래 누이였다. 두 아이 역시 머리카락이 짙은 갈색에 눈이 검었다. 만 아홉 살인 맏이는 가슴을 살짝 내밀고 꼿꼿이 서 있었다. 그 지역의 아이들이 그렇듯 다리가 가늘고 억셌으며 군데군데 딱지와 멍이 나 있었다. 걸핏하면 기어오르고 오르막길을 달리며 양골담초에 할퀴기 일쑤인 다리였다. 맏이는 보호하려는 듯 본능적으로 한 손을 누이의 어깨에 얹었다. 맏이는 거만했다. 그런데 그 거만함은 인내를 무엇보다 중요하게 여기는 고귀하고 낭만적인 이상에서 나오는 것으로, 그 점에서 맏이는 건방진 사람과는 달랐다. 스스로에게 엄격한 그는 누이를 돌보았으며, 여러 사촌에게 자신이 정한 공평한 규칙을 지키도록 강요했고, 친구들에게는 용기와 충성을 요구했다. 그 어떤 위험도 감수하지 않거나 그의 내밀한 기준에 비추어 비겁하기 짝이 없는 이들은 그에게 영영 경멸을 당했다. 그래서 맏이는 그러한 자신감을 지녔고, 아무도 확실히 알지는 못했으나 산맥이 그에게 그러한 강인함을 불어넣었을 거라고 짐작할 뿐이었다. 우리가 여러 번 확인한 사실에 따르면, 사람들은 일단 어떤 장소에서 태어나 흔히 그 장소를 혈육처럼 닮아간다.

그날 저녁, 맏이는 아버지를 마주한 채 턱을 바르르 떨며 꼿꼿이 서서 마음속으로 기사도 정신을 되새겼다. 하지만 주먹을 불끈 쥘 필요는 없었다. 아버지는 차분한 목소리로 두 아이에게 남동생이 앞을 보지 못할지도 모른다고 설명했다. 의사와 약속이 잡혔고, 두 달 정도 지나면 가족은 확실히 알게 될 것이었다. 동생이 앞을 보지 못한다는 사실을 맏이와 누이는 행운으로 여겨야 했다. 학교에서 점자 카드로 게임을 할 줄 아는 유일한 사람일 테니까.

아이들은 약간 걱정하는 마음이 들었으나, 인기를 누릴 거라는 생각에 금세 걱정을 잊었다. 그렇게 표현하니 힘든 상황도 매력적으로 느껴졌다. 앞을 못 본다는 사실이 뭐 대수로운가? 학교에서 쉬는 시간에 왕으로 군림할 텐데. 맏이는 그것이 자연스러운 논리라고 생각했다. 그는 이미 학교에서 대장이었으며, 자신의 외모와 능력에 대한 자신감으로 충만했고, 타고난 과묵한 성격 때문에 더욱 품위를 떠었다. 그래서 맏이는 저녁 식사 시간 내내 자기가 학교에서 점자 카드를 먼저 보여주겠노라고 누이와 협상하며 실랑이를 벌였다. 아버지도 태연하게 거기에 끼어들어 중재를 맡았다. 아무도 그 순간에 어떤 단절이 생겨나고 있음을 깨닫지 못했다. 부모는 머지않아 자신들이 별 걱정 없이 무사태평했던 마지막 순간을 떠올리며 이야기할 처지였으나, 무사태평이란 간사한 개념이라서 일단 사라진 다음에 추억이 되어야만 만끽할 수 있다.

얼마 안 가 부모는 아이가 활력이 없음을 깨달았다. 아이의 머리는 갓난아이의 머리처럼 축 처졌다. 목덜미를 항상 손으로 받쳐 주어야 했다. 팔과 다리는 아무 힘없이 늘어져 있었다. 아이는 얼러도 손을 내밀지 않았고, 반응을 보이지 않았고, 소통하려 하지 않았다. 형과 누나가 딸랑이와 강렬한 색깔의 장난감을 아무리 흔들어도 아이는 눈을 딴 데로 향한 채 아무것도 붙들지 않았다.

맏이는 누이에게 말했다.

"눈을 뜬 채 기절한 애야."

겨우 일곱 살인 누이가 대꾸했다.

"그런 건 죽은 사람이라고 불러."

소아과 의사는 그것이 결코 좋은 징조가 아니라고 생각했다. 그는 저명한 전문가의 주도하에 뇌 스캔을 시켜 보라고 권했다. 검사 약속을 잡아야 했고, 계곡을 떠나 병원에 가야 했다. 그때부터 우리는 그들의 흔적을 놓친다. 도시에서는 아무도 돌멩이를 필요로 하지 않으니까. 하지만 우리는 그들이 자동차를 주차하고, 자동문으로 들어가 바닥에 깔린 길쭉한 카펫에 신발 바닥을 세심하게 문질러 터는 모습을 상상한다. 그들은 어느 방 안에서 회색 고무 타일 위를 서성이며 교수가 오는지 살피며 기다렸다. 교수가 와서 그들을 불렀다. 엑스선 촬영 사진을 손에 들고 있었다. 그는 부모에게 앉으라고 권했고, 부드러운 목소리로 돌이킬 수 없는 판결을 내렸다. 그들의 아이가 성장하리라는 사실은 확실했다. 하지만 앞을 보기 어려울 테고, 걷지도 말하지도 못할 것이며, 두뇌가 **적절한 것**을 전달하지 못해서 팔다리를 전혀 가누지 못할 것이었다. 아이는 울거나 편안함을 표현할 수 있겠지만 그 이상은 불가능했다. 영영 갓난아이로 지낼 터였다. 아니, 그 말이 아주 정확하지는 않았다. 교수는 부모에게 더욱 부드러운 목소리로, 그런 아이들의 기대 수명은 세 살을 넘지 못한다고 설명했다.

부모는 자신들이 과거에 살아온 삶을 마지막으로 힐끗 쳐다보았다. 이제 그들이 살아갈 모든 삶은 그들을 고통스럽게 만들 것이었고, 그들이 그 **이전**에 지낸 모든 삶 역시 그들을 고통스럽게 만들 것이었다. 무사 태평한 시절에 대한 그리움은 그만큼 사람을 미치게 만들 수 있기 때문이다. 부모는 지난 시간과 끔찍한 미래 사이에 난 균열 위에 서 있었고, 지난 시간과 미래는 모두 그들이 느끼는 고통의 무게를 딛고 있었다.

두 사람은 각자 비축해 둔 용기를 끌어내어 버텼다. 부모는 약간 죽었다. 그들이 지닌 어른의 마음 깊숙한 곳 어딘가에서 빛 하나가 꺼졌다. 그들은 서로 손을 붙잡고 강물 위로 난 다리에 나란히 걸터앉았다. 그

들은 혼자였고 동시에 함께였다. 그들의 다리가 허공
에 늘어졌다. 그들은 온기를 유지하거나 사라져 버리
려고 망토로 몸을 감싸듯 밤의 소리들로 몸을 감쌌다.
그들은 두려웠다. 그들은 스스로에게 이렇게 물었다.
"왜 우리인가?" 또 "어째서 그 아이, 우리 아들인가?"
그리고 물론 "이제 우리는 어떻게 해야 하나?" 산은
폭포의 속삭임, 바람, 잠자리의 비행으로 제 존재를
드러냈다. 산의 암벽은 쉽게 부스러져서 깎을 수도 없
는 돌인 편암으로 이루어져 있었다. 사람들은 그 지
역의 더 높은 지대에 있는 화강암이나 현무암의 굳건
한 충실함이나, 루아르Loire강 유역의 석회질 돌인 튀포
tuffeau의 흡수력 있는 다공성을 부러워했다. 하지만 무
엇이 그보다 더 다채로운 황토색의 미묘한 색조를 나
타낼 수 있을까? 편암 말고 그 어떤 암석이 금방 녹아
들 것 같은 그런 겹겹의 층으로 이루어진 모습을 선사
할까? 그대로 받아들이든지 버리든지 둘 중 하나였다.
그곳에서 사는 것은 곧 혼돈을 견뎌냄을 뜻했다. 그리
고 바로 그 순간, 부모는 다리의 난간에 걸터앉은 채
자신들의 삶에 그 원칙을 적용해야 할 거라고 느꼈다.

다른 두 아이는 전부 이해하지는 못했으나, 자신들이 아직 슬픔이라고 이름 붙이지 않은 파괴하는 어떤 힘이 자신을 세상과 고립된 어떤 미지의 세계로 내동댕이쳤음을 깨달았다. 그곳에서 그들의 어린 감수성은 아무도 그들을 돕지 못하는 상황에서 긁히고 상처 입을 것이었다. 아름다운 순수함은 끝났다. 그들은 자신들이 빠져나온 누에고치의 잔해를 마주한 채혼자일 것이었다. 하지만 그 시기에 아직 아이들은 삶을 구하기 마련인 실용주의를 지녔다. 비극이 벌어졌든 아니든 몇 시에 간식을 먹을지, 언제 가재를 잡으러 갈지 아는 일도 중요했다. 때는 유월이었고 아이는 6개월이었는데, 아이들은 상황을 다르게 보았다. 그들은 한 치의 양보도 없이 '유월이니 곧 여름이다. 여름이 오면 사촌들이 온다.'라고 생각했다. 다른 곳에서는 앞을 보고 손을 내밀고 머리를 치켜들 수 있는 다른 아이들이 태어났지만, 두 아이는 자신의 운명과 상관없는 그런 일을 부당하다고 여기지 않았다.

그런 마음 상태가 겨울까지 지속되었다. 맏이와 누이는 사촌들과 더불어 아이 이야기를 하는 일을 피했고, 부모의 피로한 얼굴과 부모가 아이를 덱 체어에서 소파로, 소파에서 안뜰에 놓인 커다란 쿠션 위로 조심스레 옮기는 일을 기억의 한구석에 밀어놓기는 했지만, 그래도 여름을 행복하게 보냈다. 그들은 가을에 개학을 하자 다시 학교에 갔고, 다른 친구들을 사귀었고, 학교를 오가는 시간표를 짜며 자신들의 삶을 이어 갔다.

그래서 성탄절은 얼룩지지 않았다. 산에 사는 가족들에게 성탄절은 중요한 시기였다. 다시금 자동차의 문들이 요란하게 닫혔고, 계곡 사람들이 마을로 모여들었다. 사람들은 양팔로 음식을 한 아름 들고서, 청석 판이 깔린 바닥이 얼어붙었기에 느린 걸음으로 안뜰에 들어섰다. 사람들이 놀라움의 탄성을 지를 때마다 허공에 작은 구름이 서렸다. 하늘은 금속성의 검은색을 떠었다. 아이들은 방문객에게 길을 안내하려고 우리 몸에 꽃 장식과 색색의 등불을 걸었고, 우리의 발밑에는 횃불을 밝혀 놓았다. 그런 다음, 아이들은 따뜻한 옷을 입고 손전등을 들고서 산타가 하늘에서 착륙할 활주로를 알아볼 수 있도록 작은 양초들을 놓으러 산으로 올라갔다. 벽난로에서는 불이 더없이 활활 타올라서 아주 어린 아이들은 그 불이 언젠가 꺼질 수 있으리라는 생각은 하지도 않았다. 열다섯 사람이 부엌 안에 빽빽이 들어서서 멧돼지 스튜와 고기 파이, 양파 타르트를 준비했다. 새틴 옷을 입은 몸집이 자그마한 외할머니가 지시를 내렸다. 장식이 잔뜩 달린 성탄 트리 앞에서 사촌들은 플루트와 첼로를 꺼냈다. 목청을 가다듬고 음을 내 보았다. 많은 사람이 평소에 성가대 활동을 했다. 신앙심이 깊은 사람은 이제 거의 없었지만, 모두 개신교 찬송가를 알고 있었다. 사람들은 가장 어린 이들에게 (나이 든 숙부들이 아직도 '교황주의자'라고 부르는) 가톨릭 신도들이 말하는 것과 달리 지옥은 존재하지 않고, 하나님과 이야기하기 위해서 사제가 필요하지도 않으며, 자신의 신앙심에 항상 의문을 제기해야 한다고 설명했다. 주름살이 진 나이 든 여자 사촌들은 훌륭한 개신교도는 자기가 한 말을 지키고, 인내하고, 좀처럼 속내를 드러내지 않는다고 덧붙였다. 그러면서 자신들을 쳐다보지 않는 아이들을 향해 "충실, 인내, 신중함"이라고 요약했다. 음악과 좋은 냄새가 커다란 들보까지 솟아오르고 벽을 넘어 안뜰로 넘쳐흘렀다. 사람들이 불 가까이에 바짝 모여들어 날이 아주 추울 때면 데려오는 양의 배 아래에 손을 밀어 넣고 있으면, 저 옛날의 성탄 전야와 거의 다를 바가 없었다.

아이는 불 가까이에 있는 덱 체어에 눕혀 놓았다. 모두가 부산히 움직이는 가운데 아이는 유일하게 고정된 점이었다. 아이는 부엌에서 흘러나오는 냄새를 작은 짐승처럼 열심히 맡았고, 이따금 그 얼굴에 가벼운 미소가 떠올랐다. 어떤 특별한 소리(첼로의 화음, 고기 파이를 담은 사기그릇이 떡갈나무 탁자 위에 놓일 때 나는 소리, 낮은 음조의 목소리, 개가 낑낑대는 소리)가 나면 아이의 손가락이 가볍게 꿈틀거렸다. 아이의 목은 아무 것도 지탱하지 못했으므로, 고개는 옆으로 돌려져 뺨이 덱 체어의 천에 닿았다. 검고 긴 속눈썹으로 감싸인 아이의 눈은 느릿느릿 진지하게 떠돌아다녔다. 깊이 주의를 기울이면서도 동시에 딴 데 정신을 파는 것처럼 보였다. 그 사이에 아이는 성장했다. 몸은 여전히 흐느적거렸지만 머리카락이 더부룩하게 자랐다. 부모 역시 변했다.

그 성탄 저녁에 아주 작은 변화가 생겼다. 형제 중 맏이가 아이에게 관심을 쏟기 시작했다. 어째서 바로 그때였는지 우리는 알지 못한다. 이제는 확연하게 눈에 띄는 남동생의 장애를 무시할 수 없어서였을지 모른다. 아니면 그 자신이 성장하며 제 열망에 부응하지 않는 현실에 실망하던 차에, 동생에게서 항상 변함없고 스스로에게 너무도 충실한 나머지 자기를 결코 실망시키지 않을 평화로운 동반자의 모습을 보았는지 모른다. 혹은 단순히, 현실을 직시하고 자신이 지닌 기사도적인 이상 때문에 어쩔 수 없이 가장 약한 사람을 돌보고 보호하게 되었는지 모른다. 어쨌거나 맏이는 아이의 입을 닦아 주었고, 등을 받쳐 주었고, 머리를 쓰다듬었다. 개들을 멀리 쫓았고, 사람들에게 조용히 해 달라고 요구했다. 그는 더 이상 사촌들하고도, 누이하고도 어울려 놀지 않았다. 그들은 어리둥절했다. 자신들이 그때껏 알던 맏이는 대담하고, 남들을 놀릴 때도 있고, 자신이 우월함을 아는 신중하고 잘생긴 소년이었다. 멧돼지의 흔적을 따라 걸었고, 활 쏘는 법을 가르쳐 주었으며, 모과 서리를 한 것이 누구였던가? 폭우로 잔뜩 불어난 흙탕물에서 걸을 수 있던 사람은? 한 치 앞을 못 보는 위태위태한 밤중에 걸어간 사람은? 집박쥐—누이와 사촌들에게 더없이 두려운 존재—가 자신의 더부룩한 갈색 머리에 매달리지 못하게 확실한 몸짓으로 옷에 달린 모자를 푹 눌러 쓰던 사람은? 맏이였다. 쓸쓸하고 당당하며 냉정한 자신감을 지닌 그. 가까운 이들은 그것이 군주들이 지녔을 법한 차분한 권위라고 생각했다.

이번에 그는 아무것도 먼저 제안하지 않았다. 누이와 사촌들은 맏이의 주위에서 발을 동동 구르면서도 감히 그를 방해하지 못하고 속을 태웠다. 맏이는 평소보다 더 조용했다. 그는 벽난로의 불을 솜씨 좋게 유지하며 그 곁을 떠나지 않고 남동생이 따뜻한지 살폈다. 덱 체어에 쿠션 하나를 밀어 넣어 동생의 머리를 받쳐 주었다. 맏이는 제 손가락 하나를 아이의 주먹 안에 밀어 넣은 채—영원한 아기인 아이는 양손을 항상 꼭 쥐고 있었다— 책을 읽었다. 열 살쯤 된 그 건강한 사내아이가, 아직 아주 이상하지는 않더라도 무언가 남다른 아이 곁에 고요히 앉아 있는 모습은 조금 낯설어 보였다. 아이는 거의 한 살 먹은 아이만큼 몸집이 컸으나, 입을 헤벌리고 있었고 남들과 접촉하려 하지 않았고, 매우 조용했으며 검은 눈은 이리저리 떠돌았다. 두 아이는 누가 보아도 모습이 닮았는데, 그 닮은 모습에 마음이 저려 오는 이유는 아무도 알지 못했다. 맏이가 읽던 책에서 고개를 들 때, 그의 고정된 시커먼 눈, 그 기다란 속눈썹은 곁에 있는 작은 존재의 살아있는 복제품처럼 보였다.

그 성탄 저녁은 돌이킬 수 없는 무언가의 시작이었다. 뒤이은 몇 달 동안 맏이는 깊은 애착을 갖게 되었다. 그 이전에는 삶과 다른 사람들이 있었다. 이제는 그의 남동생이 있었다. 둘의 방은 나란히 붙어 있었다. 매일 아침, 맏이는 식구들이 일어나기 전에 잠에서 깨어 일어나 바닥에 한 발을 딛었고, 바닥의 타일에 닿을 때 전율했다. 그는 문을 열고, 자신과 누이도

자라면서 더 나은 잠자리를 요구하기 전에 잠을 잤던
하얀 철제로 된 소용돌이 모양의 장식이 달린 침대로
다가갔다. 아이는 아무것도 요구하지 않을 것이다. 그
러니 계속 그 침대를 쓸 것이었다. 맏이는 창문을 열
고 아침을 방으로 들였다. 그는 아이의 목덜미를 손으
로 받치고 아이를 살며시 침대에서 꺼내어 기저귀를
가는 탁자로 옮길 줄 알았다. 그는 아이의 기저귀를 갈
고 옷을 갈아입힌 다음에 아이를 안고 조심스레 부엌
으로 내려가 전날 어머니가 준비해 놓은 퓌레를 아이
에게 먹였다. 그런데 그 모든 일을 하기에 앞서 맏이는
아이의 침대로 몸을 수그렸다. 그리고 제 뺨을 아이의
뺨에 대고 그토록 보드라운 창백함에 황홀해하며 살
을 맞댄 채 꼼짝하지 않고 한참을 붙어 있었다. 맏이
는 뺨의 젖빛 볼록함을, 그 뺨이 그렇게 무방비 상태
로 쓰다듬을 수 있도록, 어쩌면 오로지 맏이 자신만
을 위해서 거기에 있는지 모른다는 사실을 음미했다.
아이의 숨결은 일정했다. 두 사람의 눈은 같은 곳을
바라보지 않았고, 맏이는 그 사실을 잘 알았다. 맏이
자신은 침대의 구불거리는 장식을 바라보고 있었고,

그 뒤로 강을 향해 난 창문이 보였다. 아이는 아무도 해독하지 못할 어떤 리듬에 맞추어 다른 어딘가를 응시하고 있었다. 맏이에게는 그것으로 충분했다. 그가 아이의 눈이 되어 줄 테니까. 그는 침대와 창문, 급류의 하얀 거품, 안뜰 너머에 있는 산, 감색 청석 판이 깔린 안뜰의 바닥, 나무로 된 문, 오래된 벽, 우리 돌멩이들과 우리의 구릿빛 그림자, 귀처럼 생긴 작은 두 손잡이가 달린 배불뚝이 화분에 핀 꽃을 아이에게 이야기했다. 맏이는 아이 곁에서 참을성 있는 자신의 모습을 발견했다. 그때껏 그가 보인 냉랭한 태도는 자신의 걱정을 잠재우기 위한 최선의 대처법이었다. 사람들은 그가 보이는 단호하고 주저 없는 기세에 감탄하며 그를 따랐다. 그런데 사실 맏이는 어떤 것에 좌지우지되는 일이 너무도 두려운 나머지, 차라리 먼저 나서는 편을 택한 것이었다. 그래서 학교 운동장의 떠들썩함, 산속에서 맞는 밤의 칠흑 같은 어두움, 집박쥐의 공격을 두려워하기보다는 그것들을 통제했다. 그는 운동장이나 밤, 집박쥐가 사는 지하실의 둥근 천장 밑으로 달려들었고, 누가 불쑥 나타나서 놀란 박쥐들은 이리저리 날아올랐다.

아이와 함께 있으면 그 모든 방법이 하나도 통하지 않았다. 아이는 그저 그곳에 있었다. 두려워할 것은 아무것도 없었다. 아이는 전혀 위협이 아니었고, 그 어떤 약속도 하지 않았기 때문이다. 맏이는 마음속에서 스스로 항복하였다. 이제는 더 이상 앞장설 필요가 없었다. 무언가 그의 마음을 건드렸다. 그것은 산맥을 고요하게 만들고, 그 자리에 있다는 사실 자체로 자족하는 돌멩이나 개울이 유구하게 존재하도록 만드는 멀리에서 오는 어떤 메시지였다. 맏이는 마음속으로 아무런 반항도 하지 않고 쓸쓸한 마음도 없이 세상의 법칙과 그 법칙들이 만들어낸 장애에 순응했다. 아이는 땅의 습곡만큼이나 명백히 존재했다. 맏이는 '기다리기보다는 견디는 편이 낫다.'라고 생각했다. 그것은 세벤 지방의 격언이었다. 반항해서는 안 되었다.

맏이는 무엇보다 아이의 무심한 선함, 원초적인 천진함이 좋았다. 아이는 그 어떤 판단도 내리지 않았기에 아이의 천성에는 용서가 담겨 있었다. 아이의 영혼은 잔인함을 결코 알지 못했다. 아이의 행복은 청결함이나 포만감, 자기가 입은 보라색 잠옷의 부드러움, 쓰다듬을 받는 것 같은 단순한 일들로 한정되어 있었다. 맏이는 자신이 순수함을 체험하고 있다는 사실을 깨달았다. 그래서 마음에 큰 혼란을 느꼈다. 그는 아이 곁에 있을 때면 더 이상 삶이 자신에게서 달아날까 두려워서 삶을 거칠게 다루려 하지 않았다. 삶은 겁내지도, 맞서 싸우려고도 하지 않고 그의 숨결이 가 닿는 바로 그 자리에 있었다.

맏이는 서서히 아이의 울음을 해독하기 시작했다. 어떤 울음이 복통을, 배고픔을, 불편함을 나타내는지 알아들었다. 기저귀를 갈고 야채 퓌레를 먹이는 일처럼 훨씬 나중에 배워야 할 지식을 이미 알았다. 맏이는 새 보라색 잠옷, 퓌레에 향을 낼 육두구 열매, 아기용 클렌징워터 등 사야 할 물건 목록을 정기적으로 작성했다. 그것을 어머니에게 주면 어머니는 말없이 고마운 눈길로 응답하며 그대로 물건을 샀다. 맏이는 아이가 좋은 냄새를 풍기고 몸이 따뜻할 때 아이에게서 느껴지는 평온함이 좋았다. 그럴 때면 아이는 편안해서 까르륵거리다가 입술이 말려 올라가며 미소를 그렸고, 눈썹이 깜빡거렸고, 목소리가 높아지며 원초적인 욕구가 충족되었음을 알리는 선율이 되어 고대의 노래처럼 허공으로 솟아올랐다. 그 선율은 어쩌면 다정함에 대한 응답인지도 몰랐다.

맏이는 아이에게 짧은 노래를 가만히 불러 주었다. 아이에게 기능하는 유일한 감각인 청각이 놀라운 도구임을 깨달았기 때문이다. 아이는 볼 수도, 붙들 수도, 말할 수도 없었지만 들을 수 있었다. 그래서 맏이는 제 목소리의 높낮이를 변화시켰다. 풍경이 눈앞에 펼치는 초록색의 다양한 색조를 아이에게 속삭였다. 아몬드 초록색, 강렬한 초록색, 청동색, 부드러운 초록색, 반짝이는 초록색, 노란 줄무늬가 난 초록색, 탁한 초록색. 맏이는 말린 버베나 가지를 아이의 귀 옆에 대고 문질렀다. 물동이에서 나는 찰랑거리는 소리와 균형을 맞추도록 부스럭거리는 소리를 내는 것이었다. 이따금 맏이는 바닥에 떨어지는 돌멩이의 둔탁한 소리를 아이에게 들려주려고 우리를 안뜰의 벽에서 뽑아 아이의 몇 센티미터 옆에 떨어뜨리곤 했다. 맏이는 아이에게 옛날에 어느 촌부가 먼 골짜기에서 등에 지고 가져온 벚나무 세 그루에 대한 이야기를 들려주었다. 촌부는 산에 올라갔다가 나무 세 그루를 짊어지고 그 무게 때문에 허리를 구부린 채 다시 산을 내려왔다. 논리적으로 따지면 그 나무들은 이 고장의 기후와 토양에서 살아남을 수 없어야 했다. 하지만 벚나무 세 그루는 기적적으로 자라나 그 골짜기의 자랑거리가 되었다. 늙은 촌부는 거둔 버찌를 나누어 주었고, 사람들은 그 버찌를 엄숙하게 맛보곤 했다. 봄이면 하얀 벚꽃이 행운을 가져다준다고 알려져서 사람들은 그 꽃을 병자에게 선물했다. 시간이 흘러 촌부가 죽자, 벚나무 세 그루도 그를 따라 죽었다. 사람들은 그 이유를 굳이 알아내려 하지 않았다. 별안간 허약해진 가지를 보면 이유가 분명했기 때문이다. 즉 나무는 자기를 심은 사람을 따라가는 법이다. 말라버려 회색이 된 나무줄기는 묘비를 꼭 닮아서 아무도 그것을 만지려 하지 않았다. 맏이는 그 줄기를 줄무늬 하나까지 자세히 아이에게 묘사했다. 맏이는 누군가에게 그토록 많이 말해 본 적이 없었다. 세상은 소리를 내는 변화무쌍한 공간이 되었고, 그곳에서는 모든 것을 소리와 음성으로 옮길 수 있었다. 어떤 얼굴, 어떤 감정, 어떤 과거에는 소리로 표현할 수 있는 대응물이 있었다. 그래서 맏이는 돌 위에서 나무가 자라고, 멧돼지와 맹금류가 가득한 그 고장을 이야기했다. 낮은 벽 하나, 텃밭 하나, 산비탈에 밭 하나가 만들어질 때마다 몸을 일으켜 세우며 자신이 본래 지닌 기울어짐, 식물과 동물을 강요하고, 인간에게 무엇보다 겸손하라고 요구하며 제 권리를 되찾는 그 고장을 말이다. 맏이는 이렇게 말했다.

"이게 너의 고장이야. 너도 그 소리를 들어야 해."

성탄절 아침이면 맏이는 포장된 선물을 주무르며 아이에게는 쓸모없을 장난감의 모양과 색깔을 아이에게 자세히 묘사했다. 제 몸 하나 버티기에도 급급한 부모는 조금 난감해 하며 맏이가 그러도록 놔두었다. 사촌들도 어쩔 수 없이 친절해야 한다는 생각에 큰 소리로 열심히 장난감들을 묘사하기 시작하더니 더 나아가 거실과 집, 가족을 묘사했고, 결국 그 정도가 지나쳐서 맏이도 웃곤 했다.

온 집안이 잠들면 맏이는 일어난다. 아직 청년은 아니지만, 사실상 더 이상 어린아이도 아니다. 그는 제 어깨를 담요로 감싼다. 안뜰로 나와 벽으로 다가간다. 제 이마를 우리에게 갖다 댄다. 양손이 머리 높이로 올라간다. 다정하게 어루만지는 것일까, 아니면 유죄 선고를 받은 사람의 몸짓일까? 그는 얼굴을 우리에게 아주 가까이 댄 채 싸늘한 어둠 속에서 아무 말 없이 꿈쩍하지 않는다. 우리는 그의 숨을 들이마신다.

맑은 날, 비쳐 드는 첫 햇살에 산이 몸을 부르르 떠는 것처럼 보일 때면 맏이는 집 뒤쪽을 향해 간다. 땅은 여러 갈래로 폭포가 되어 떨어지는 강물을 거슬러 올라간다. 맏이는 머리가 까딱거리는 커다란 아이를 양팔로 안고 조심스레 걸어간다. 허리에 찬 가방은 물병과 책 한 권, 사진기로 불룩하다. 그는 땅이 평평해지는 곳을 찾아낸다. 돌들이 작은 물가 터를 이루고 있다. 맏이는 손으로 아이의 목덜미를 받치고 몸을 살포시 내려놓는다. 아이의 허리가 움직이지 않도록 고정시키고, 아이의 턱을 약간 돌려서 머리가 커다란 전나무의 그늘 안에 있게 둔다. 아이는 편안해지자 한숨

을 내쉰다. 맏이는 전나무 가시 잎을 손으로 비벼 레
몬향이 나자 그것을 아이의 코 아래로 훑는다. 그 전
나무들은 본래 그곳에서 나는 종자가 아닌데, 맏이의
할머니가 오래전에 가져와 그곳에 심었다. 그 산이 마
음에 들었는지 뿌리를 내리고 자랐는데, 얼마나 잘 자
랐는지 그 커다란 덩치는 거치적거릴 정도였다. 잔가
지가 무수히 전신주 위로 떨어졌고, 땅은 그 나무들
때문에 빛을 못 받았다. 맏이는 항상 그 전나무들이
비정상이라고 생각해 왔으니 그가 동생을 그 나무 아
래에 눕히는 것도 우연은 아니리라.

맏이는 그 장소를 좋아한다. 그는 아이 곁에 앉는
다. 제 무릎을 구부려 양팔로 감싼다. 책을 읽다가, 책
을 덮은 다음에 말하지 않는다. 맏이는 아이에게 아무
것도 묘사하지 않는다. 세상이 그들에게 다가온다. 푸
른 물잠자리가 귀 가까이 지나가며 윙 소리를 낸다. 오
리나무 가지가 물에 잠겨 끈적끈적한 진흙이 고이게
만든다. 복도처럼 뻗은 강물 양쪽으로 나무들이 벽을
이루고, 맏이가 상상력이 풍부하다면 자신이 납작한
돌들과 전나무로 된 천장을 갖춘 거실 안에 들어와 있

다고 생각할 수도 있을 것이다. 맏이는 사진을 몇 장 찍는다. 그곳의 강물은 고요하고 너무나 투명해서 금빛 자갈이 깔린 바닥이 보인다. 그러다 수면에 주름이 잡히며 물은 하얀 거품이 되어 급히 내려가 못으로 떨어지고, 그 못도 좁아져 폭포가 된다. 맏이는 강물이 질주하고 도약하는 소리를 듣는다. 그들 주위로 황갈색과 초록색 벽들, 손을 흔들 듯 물결치는 나뭇가지들, 흩날리는 색종이 조각 같은 꽃들이 그들을 지켜본다.

어린 누이가 자주 맏이를 찾아온다. 그들은 두 살 터울이지만, 가끔은 스무 살 차이가 나는 것처럼 보인다. 맏이는 누이가 차디찬 물속에서 배를 쑥 들이고 손가락을 쫙 벌린 채 느릿느릿 걸어가는 모습을 바라본다. 때로 누이는 발목을 물에 담그고 쪼그려 앉아 집중해서 물 위를 미끄러져 가는 소금쟁이를 잡으려 하고, 한 마리를 잡으면 기뻐서 소리를 지른다. 그녀는 첨벙첨벙 걸어 다니고, 껑충 뛰어오르고, 자갈로 둑이나 작은 성을 쌓는다. 그녀는 이야기를 지어낸다. 맏이에게는 없는 상상력을 지녔다. 막대기는 검이 되고, 도토리 껍질은 투구가 된다. 누이는 몰두해서 나직한 소리로 말한다. 빛이 치렁치렁한 갈색 머리를 감싸고, 그녀는 그 머리칼을 성급한 손길로 넘긴다. 맏이는 누이가 살아가는 모습을 바라보는 것이 무척 좋다. 그는 누이가 더 이상 팔에 작은 튜브를 찰 필요가 없다는 사실을 깨닫는다. 또 그녀의 어깨가 선크림을 바른 덕분에 붉어지지 않는다는 사실도. 문득 맏이는 작년에 큰 전나무 속에 말벌집이 숨어 있던 사실을 떠올린다. 그는 자리에서 일어나 확인한 다음, 돌아와 자리에 앉는다. 그는 마음을 졸이면서도 만족스런 마음으로 자기가 사랑하는 이들, 누이와 남동생, 또 침대 또는 게임 판 모양으로 놓인 우리 돌멩이들에 둘러싸여 그곳에 있다.

아이는 점차 맏이의 목소리를 알아들었다. 이제 아이는 미소를 지었고, 옹알거렸고, 울었고, 몸은 자랐지만 갓난아이처럼 의사를 표현했다. 아이는 계속 누워 있으면서 음식을 썹지 않았기에 입천장이 움푹 들어갔다. 그래서 아이의 얼굴은 길쭉해졌고 눈이 더욱 커 보였다. 맏이는 느릿느릿 춤추는 듯한 아이의 검은 눈동자를 눈으로 좇으며 그 곁에 오래 머물러 있었다. 다른 아이들이 그 나이에 엄청나게 발달했을 거라는 생각은 절대로 하지 않았다. 그는 아이를 비교하지 않았다. 이는 보호하려는 반응이기보다는 온전하고 충만한 행복감 때문이었다. 그 행복감이 너무나 독특해서 정상적인 것은 밋밋해 보였다. 그래서 맏이는 그런 일에 관심을 두지 않았다.

아이는 머리를 쿠션에 받쳐 소파에 눕혀 놓았다. 그것만으로도 행복해 했다. 아이는 귀 기울여 들었다. 맏이는 아이와 접촉하면서 텅 빈 시간, 움직이지 않는 시간의 충만함을 알게 되었다. 그는 아이에게 녹아들면서 극도로 예민해졌다(멀리서 사각거리는 소리, 서늘해지는 공기, 작은 잎들이 바람에 뒤집히며 금모래처럼 반짝거리는 미루나무의 속삭임, 불안 또는 기쁨으로 가득 찬 어느 순간의 두께). 그것은 감각과 미세함의 언어이자 침묵의 학문으로서 다른 어디에서도 가르쳐 주지 않는 무엇이었다. 맏이는 아이가 비범하기에 비범한 지식을 지녔다고 생각했다. 아이는 결코 그 무엇도 배울 일이 없을 것이었고, 그렇기에 그 자신이 남들에게 가르쳤다.

가족은 아이가 새가 지저귀는 소리를 듣게 하려고 새 한 마리를 샀다. 또 습관적으로 라디오를 켰고, 큰 소리로 말했다. 창문을 열어 아이가 혼자라고 느끼지 않도록 산에서 나는 소리가 방안에 들어오게 했다. 집 안에는 폭포 소리, 양들의 목에 달린 종소리, 양이 우는 소리, 개가 짖는 소리, 새 울음, 천둥소리, 매미 소리가 울렸다. 중학생인 맏이는 수업이 끝나면 학교에서 뭉그적거리지 않고 달려가 버스를 탔다. 그의 머릿속에는 그 장소와 아무 상관없는 생각이 가득했다. 목욕할 때 쓰는 순한 비누가 남아 있던가? 생리 식염수는? 퓌레를 만들 당근은? 보라색 면 잠옷은 다 말랐을까? 맏이는 친구들의 집에 가지 않았다. 여자애들도 쳐다보지 않았고, 음악도 전혀 듣지 않았다. 그는 오랜 시간 공부했다.

아이는 만 네 살을 넘겼다. 들기에 더욱 무거워졌다—몸은 계속 자랐으니까. 운동복 같은 잠옷을 입혔다. 움직이지 않았기에 추위를 많이 타서 잠옷은 최대한 두터워야 했다. 살갗에 널쩍한 붉은 반점이 생겨서 자세를 자주 바꾸어 주어야 했다. 누운 자세 때문에 고관절도 탈구되었다. 그 때문에 아이가 아파하지는 않았지만, 양다리가 활처럼 굽었다. 다리는 깡말랐고 얼굴만큼이나 투명하고 창백했다. 맏이는 아이의 허벅지를 아몬드기름으로 마사지했다. 촉감을 훈련하기 시작한 것이다. 맏이는 항상 꼭 쥐인 작은 손을 가만히 펼쳐서 어느 재료에 가져다 대었다. 그는 학교에서 펠트 천을 가져왔다. 산에서는 상록참나무의 잔가지들을 가져왔다. 그는 아이의 손목 안쪽을 박하잎 묶음으로 부드럽게 쓸었고, 아이의 손가락 위로 개암을 굴렸고, 항상 아이에게 말을 했다. 비가 오는 날이면 맏이는 창문을 열고 남동생의 팔을 바깥으로 내밀어 아이가 빗방울의 감촉을 느끼게 했다. 또 아이의 입 안에 후 하고 숨을 불었다. 그러면 자주 기적이 일어났다. 아이의 입은 커다란 미소를 그리며 벌어졌고, 동시에 기뻐하는 목소리가 가늘게 흘러나왔다. 그 소리는 정말 만족스럽게 느껴졌고 조금 바보 같았는데, 잠시 멈췄다가 침묵을 발판 삼아 조금 더 날카롭고 조금 더 거침없이 다시 시작되었다. 맏이는 그것이 음악이라고 생각했다. 그는 부모가 밤이면 그랬듯 아이가 말할 수 있다면 목소리는 어떨까, 아이의 성격은 어떨까, 명랑할까 과묵할까, 얌전할까 부산할까, 아이가 볼 수 있다면 그 눈길은 어떨까, 하고 궁금해 하지 않았다. 맏이는 아이를 있는 그대로 받아들였다.

사월의 어느 오후, 부활절 방학 중에 맏이는 부모가 장을 보는 틈을 이용해 아이를 공원에 데려갔다. 그곳은 마을 입구에 있는 녹지로서 놀이기구인 뱅뱅이와 그네가 여기저기에 있었다. 부모는 걱정하면서도 고개를 끄덕여 그러라고 했고, 일을 빨리 보고 오겠노라고 약속하고 식료품 가게로 갔다. 맏이는 아이를 자동차의 특수 좌석에서 끌어냈다. 이제 그렇게 하는 데에는 도가 텄다. 아이의 엉덩이를 팔뚝으로 받치고 목덜미를 지탱해야 했다. 맏이는 자기 목에 아이의 숨결이 와 닿는 것을 느꼈다. 아이는 제법 무거워지기 시작했다. 멀리에서 보면 기절한 아이처럼 보였다.

맏이는 길을 건너 공원 입구를 지나 아이를 잔디 위에 살포시 눕혔다. 그리고 자신도 그 옆에 누워서 그들 주위의 풍경을 나직한 목소리로 아이에게 묘사했다. 모래밭에서 들려오는 외침, 뱅뱅이가 삐걱대는 소리, 멀리 시장에서 들려오는 소리가 소리로 지은 솜이불처럼 그들을 감쌌다. 맏이는 이야기를 하는 중간중간에 아이의 손목에 입을 맞추었다. 그는 파리를 감시했다. 파리가 (입천장이 움푹 들어가서 입을 벌린 채 숨을 쉬는) 아이의 입 안으로 들어갈까 걱정이었다. 그런데 갑자기 그림자 하나가 맏이의 얼굴을 뒤덮었다. 그리고 어떤 목소리가 들렸다.

"얘야, 방해해서 미안하다만, 보기에 딱해서 말이지. 어째서 작은 원숭이를 데리고 있는 거니? 돈을 벌려고 그러니?"

한 가정의 어머니로서 갸륵한 의도—보통 엄청난 살인자들이 사용하는 도구—에서 한 말이었다. 맏이는 아래팔을 짚고 몸을 일으켰다. 부인은 그 마을 사람이 아니었다. 나쁜 사람처럼 보이지 않았다.

맏이는 말했다.

"제 동생인데요."

부인은 당황해서 헛기침을 했다. 그리고 뒤돌아 아

이들의 이름을 큰 소리로 불렀다. 그 순간에 맏이는 슬픔도, 분노도 느끼지 않았다. 그는 악의가 있었다고 생각하지 않았다. 그 여자는 완전히 착각했을 뿐이었다. 그리고 아이는 제 몫의 행복을 누릴 권리가 있었다.

유모차를 바라보는 눈길을 거북해하는 느낌은 나중에 생길 것이었고, 맏이는 자신이 느끼는 그 부끄러움을 동생에 대한 배신으로 여길 터였다. **그들**, 자신들이 정상임을 위풍당당하게 내세우는 **그들**과 자기 사이에 보이지 않는 거대한 경계가 그어질 것이었다. **그들**은 가족들이 시끌벅적하게 내보이는 긍지, 무기력한 몸과 움푹 들어간 입천장을 모르며 생기를 발산하는 존재, 특수 좌석에서 몸을 끄집어낼 필요가 없이 자동차에서 뛰쳐나오는 이들이다. 또 나쁜 점수를 받아서 온 세상이 무너진다고 느끼는 학교 동급생들의 보잘것없는 슬픔일 것이며, 차라리 혐오스럽다고 말하면 좋겠다고 생각하게 만들 친절함 내지는 동정에 찬 견딜 수 없을 미소일 것이다. 무수한 작은 정황들이 맏이를 고독함으로 돌려보낼 것이었다. 그러니 어쩔 수 없이 산은 훈계를 하지 않는 묵직한 덩어리,

동물과 마찬가지로 호의적인 존재로 보였다. 거기에서 피난처를 뜻하는 프랑스어 르퓌주refuge의 어원을 찾아볼 수 있었는데 그것은 푸게레fugere, 즉 '도망치다'였다. 산은 거리두기, 세상에서 한 발 물러나는 일을 가능하게 해 주었다. 동시에 맏이는 **그들**과 어떻게든 함께 살아가야 한다는 사실을 알고 있었다. **그들**이 바로 대다수를 차지하고 우글거리는 삶이었으니까. 그들과 관계를 끊어서는 안 되었다. 맏이는 그들을 정상적이고자 하는 자신의 갈망을 해소하러 목을 축이는 곳으로 여겼다. 생일잔치, 활쏘기 시합, 부모님의 친구들과 함께하는 저녁 식사 자리, 슈퍼마켓에 가는 일 따위가 고립감을 채워 주었고, 다른 사람들이 자신을 지탱하고 있음을 상기시켰으며, 소속감을 확인해 주면서 어떤 거대한 심장처럼 고동쳤다. 슈퍼마켓에서 줄을 설 때, 학교 식당에서 줄을 서서 기다릴 때, 풍선들로 장식된 어느 집의 문턱을 들어설 때, 맏이는 다른 사람들과 똑같은 척할 수 있었다. 쇼핑 카트에 기저귀와 작은 이유식 병, 아몬드기름이 가득했으니 집에 아이가 있는 척할 수 있었다. 친구들 집에 갔을 때 누군가 맏이에게 "형제가 몇이니?"라고 물으면 그는 "둘."
이라고 답했다. 그리고 "그 애들은 몇 학년이니?"라
는 질문에 답하지 않을 방법을 찾아내곤 했다. 맏이는
꾀부리는 법을 배웠다. 그리고 그래야 한다는 사실을
부끄러워했다. 그는 "둘인데 한 명은 장애가 있어요."
라고 말할 수 있기를 바랐고, 그것이 더없이 자연스러
운 일인 양 다른 주제로 넘어갈 수 있기를 꿈꿨다. 하
지만 그러는 대신에 맏이는 죄책감을 느꼈다. 끔찍한
존재인 **타인들**에게는 잘못이 없는 곳에 잘못을 만들
어낼 수 있는 힘이 있었다. 형형색색의 그 작은 트럭이
그랬다. 그 트럭은 여름이면 음악을 크게 틀고 계곡을
누비고 다니며 알밤 도넛을 팔았다. 사촌들은 길목에
서 그 트럭이 오기를 기다렸고, 어른들은 동전 지갑을
들고 집에서 나왔다. 도넛은 사자마자 입에 덥석 물렸
고, 아이들은 도넛을 더 사달라고 졸랐다. 그 트럭의
음악이 들려오기 시작했을 때, 맏이는 길 아래쪽 강
가에 있는 과수원에서 천에 사과를 주워 담고 있었다.
그 사과들은 잔뜩 벌레 먹거나 새가 이미 쪼아 먹어서
사람이 먹을 수 없었지만, 그런 사실은 별로 중요하지

않았다. 맏이는 아이에게 사과의 울퉁불퉁한 모양을 손바닥으로 느끼게 해 주려고 아이와 덱 체어를 그 과수원까지 옮겨 왔다. 맏이는 다리를 지나면 바로 나오는, 밑동에 철망을 두른 나무들이 심긴 그 장소를 무척 좋아했다. 길의 아래쪽에 있었기 때문에 지나가는 자동차들은 맏이를 보지 못했다. 엔진 소리가 가까워지자 맏이는 고개를 들었다. 그의 바로 위로 트럭이 지나갔고, 곧바로 사촌들이 우르르 몰려갔다. 어떻게 할까? 그곳에 머물러 있으면서 도넛을 먹지 말까? 생각할 수도 없는 일이었다. 흐느적거리는 아이를 업고 살그머니 돌아올까? 물론 안 될 일이었다. 그래서 맏이는 깊이 생각하지 않고 천에 담긴 사과를 떨구고 천을 세차게 턴 다음, 그것으로 아이를 덮었다. 맏이는 과수원의 비탈길을 기어올라 길에 이르렀고, 다리를 지나 뒤돌아보지 않고 트럭을 향해 달려갔다.

그는 흥분한 사촌들 틈에 섞여서 누이가 도넛 포장을 벗기게 도와주었다. 맏이는 다른 아이들처럼 미소를 지었다. 그는 감히 과수원을 돌아보지 못했다. 도넛에서는 판지 맛이 났다.

트럭이 떠나 좁은 길로 들어서자 맏이는 살그머니 빠져나와 달렸다. 과수원으로 이어지는 비탈에 깔린 자갈에 미끄러질 뻔했다. 풀밭이 보였고, 춤추는 나뭇가지의 그림자와 덱 체어의 다리, 뒤이어 하얀 천이 보였다. 검은 머리칼과 꽉 쥔 작은 두 주먹이 양쪽으로 삐져나와 있었다. 아이는 울지 않으면서 별안간 자신을 뒤덮은 부드러운 물건에 집중해 있었다. 머리가 옆으로 돌려져 있어서 숨을 쉴 수 있었다. 맏이는 목이 메는 것을 느끼며 무릎을 꿇었다. 그는 천을 들어올렸다. 아이의 머리를 살며시 앞으로 돌렸다. 자신의 뺨을 아이의 뺨에 대고 "미안해."라고 몇 번이나 중얼거렸다. 아이는 아무 소리도 내지 않고 제 얼굴로 떨어지는 미지근하고 짠 물방울이 거북해서 눈을 깜빡거렸다.

하지만 낯선 어머니가 공원에서 말을 건 순간, 맏이는 타인의 해로움과 어리석음, 횡포를 알지 못했다. 트럭이 제아무리 지나가도 그와는 상관없는 일이었다. 그가 할 일은 산처럼 행동하는 것, 보호하는 것이었다. 걱정은 그의 삶을 휘감쳤다. 맏이는 아이의 손을 만져 체온을 확인했고, 누이의 목도리를 바로잡아 주었고, 누이가 길에서 서로 바짝 붙어 몰려가는 신경질적인 양들에게 다가가지 못하게 했다. 어느 날 누이는 상처 입은 들쥐 한 마리를 집에 가져왔고, 맏이는 누이에게 그것을 물에 갖다 버리라고 명령했다. 맏이는 누이에 대하여, 훗날 그가 자녀를 갖지 못하게 만들 것과 똑같은 보호 반응을 느꼈다. 아주 작은 소리만 들려도 소스라치고 최악을 두려워하다 보면 그 누구도 균형을 잡을 수 없는 법이다. 맏이는 그것이 치러야 할 대가라고 생각했다. 그것이 그의 임무였고, 그 사실은 돌멩이에 난 황갈색 줄무늬만큼 깊이 새겨져 있었다. 방앗간 옆에 있는 커다란 삼나무를 벤 날, 아이들에게 그 광경을 보여 주려고 모두가 그들을 찾았다. 하지만 아이들은 보이지 않았다. 맏이는 누이가 삼나무 가지에 다치기라도 할까 두려웠고, 그래서 야생 아스파라거스를 따러 가자며 누이를 산의 더 높은 곳으로 데려갔다. 두 사람은 오전 내내 바닥을 향해 몸을 굽힌 채 구불거리는 가시 돋친 줄기를 찾아 헤

맸다. 맏이는 벌을 받았고, 벌을 받는 내내 태연했다. 그에게는 선택의 여지가 없었기 때문이다. 삼나무를 베는 일은 위험했고, 그는 누이를 멀리 떨어뜨려 놓았다. 그래야만 했다—삶은 행복을 참으로 쉽사리 뒤엎어 놓을 수 있으니까. 아이는 넘어질지 모르고, 몸이 반응하지 않을 수 있으며, 부모가 고통 받을 수 있는 법이니까. 언젠가 어느 교사가 맏이에게 나중에 어떤 직업을 갖고 싶으냐고 물었을 때, 맏이는 이렇게 대답했다.

"맏이요."

누이는 아무 걱정이 없는 것처럼 보였다. 소녀는 싱싱하고 예뻤다. 그녀는 가끔 아이를 살아있는 인형 취급하며 분장시켰다. 맏이는 그 일을 좋아하지 않았다. 눈살을 찌푸리며 화장을 지우고 레이스가 달린 모자와 팔찌를 벗겼다. 그는 그 일로 누이를 탓하지 않았다. 발랄한 누이를 보며 위안을 얻었고, 그런 소동에 기분이 좋아졌으며, 늙은이처럼 누워 있는 존재만 보다가 기분전환을 할 수 있었다. 맏이는 자신이 더 이상 지니지 못한 기쁨을 누이한테서 길어냈다. 누이는 상황을 제대로 파악하는 것 같지 않았다. 그녀는 계속해서 질문을 던졌고, 변덕을 부렸고, 상상의 이야기를 꾸며냈다. 그녀는 계속 어린이로 지냈다. 맏이는 이웃 마을의 어떤 여자애가 안뜰에 놀러온 순간까지 누이의 그런 천진난만함을 부러워했다. 그 여자애는 턱으로 맏이를 가리켜 보이며 누이에게 다른 형제자매가 있느냐고 물었다. 누이는 없다고 대답했다.

어느 날, 낮에 아이를 돌보아 주던 탁아소에서 부모에게 연락해 자신들이 아이를 더 이상 돌볼 수 없다고 알렸다. 도시 초입에 위치한 탁아소로 보통 빈곤하거나 대기 중인 아이들, 기관을 바꾸느라 임시로 온 아이들을 돌보았고 이따금 약간 장애가 있는 아이들을 맡았으나, 아이처럼 심한 장애가 있는 아이는 받지 않았다. 직원들은 필요한 장비를 갖추지 못했고, 특수 교육은 더욱이 받지 못했다. 그런데 얼마 전부터 아이는 가끔 신경성 경련을 일으켰다. 눈이 아주 빠르게 깜빡였고 두 손이 불규칙하게 움직였다. 아이에게 가벼운 간질 발작이 올 거라고 의사가 이미 예고했었다. 그렇다고 아이가 고통스러워하지는 않았고 리보트릴 Rivotril 몇 방울이면 상태가 나아졌지만, 보기에 무서우리만큼 증세가 격했다. 아이는 또 음식을 자주 기도로 넘겼고, 탁아소의 여자들은 아이가 기침을 하면 겁을 먹고 어찌할 바를 몰랐다. 그러니 독감이 유행하기라도 하면 그렇게 약한 몸은 거꾸러질 수 있었다. 아이에게 **적당한 곳**을 찾아 주어야 했다. 부모는 조직이나 단체, 특수한 기관이 존재하는지 물어 보았다. 거의 없었다. 그들의 고장은 굳건한 사람, 좋은 사회 구성원을 원했다. 무언가 다른 사람은 좋아하지 않았다. 그런 사람을 위해 마련된 것은 하나도 없었다. 그들에게 학교의 문은 닫혀 있었고, 대중 교통수단에는 장비가 갖추어져 있지 않았으며, 도로는 장애물로 가득했다. 그 고장은 높다란 계단과 길턱, 움푹 파인 구멍이 어떤 이들에게는 절벽과 장벽, 심연과 같다는 사실을 알지 못했다. 그러니 부적응한 사람들을 위해 따로 마련된 장소가 있을 리 만무했다……. 우리는 안뜰로 열린 문을 통해서 토막 난 정보와 질문을 퍼붓는 목소리를 듣고 짐작할 수 있었다. 몇 년 동안 우리는 그들이 겪은 그런 고독한 순간을 참으로 많이 보았다. 부모는 무척 외로웠다. 그들은 끝없이 닥치는 행정적인 일들을 처리하러 도시로 가곤 했다. 우리는 그들이 일찍 일어나 작은 주차장을 향해 올라가 자동차에 올라타는 모습을 보았다. 그들은 샌드위치 두 개와 물 한 병을 들고 갔다. 그런 외출은 하루 종일 걸릴 수도 있었다. 시청과 사회 복지 부서, 이른바 가족 지원을 담당한다는 기관과 관공서에서는 어려움을 가중시키며 부모의 머리를 물속에 처넣었다. 그러한 과정은 싸늘했고 비인간적이었으며 MDPH, ITEP, IME, IEM, CDAPH(각각 프랑스에서 장애인 문제를 다루는 기구인 '지역 장애인 센터', '교육 치료원', '의료 교육원', '지체 장애 교육원', '장애인의 자립과 권익 위원회'를 뜻한다—옮긴이) 따위의 약자로 가득했다. 담당자들은 상황에 따라서 지나치게 시시콜콜 따지거나 끔찍하게 태만했다. 부모는 저녁에 나직한 목소리로 그런 일들에 대해 말했다. 그들은 말도 안 되는 규정들을 따라야만 했다. 부모는 자신들이 어떤 보조금을, 지원을, 명칭을, **자리**

를 얻을 자격이 있는지 여부를 결정할 심사 위원들이 기다리는 회색 방들로 들어갔다. 부모는 아이가 태어난 이후로 삶이 바뀌었고 그 때문에 돈이 많이 들었다는 사실을 증명해야 했고, 또 그들의 아이가 다른 아이들과 다르다는 사실도 증명해야 했으며, 이를 위해 자신들의 지갑보다 더욱 소중한 서류 봉투에 분류되어 담긴 의료 확인서들, 신경·심리 측정 평가서들을 내보였다. 사람들은 부모에게 '삶의 계획'을 그려 보라고도 요구했는데, 이전의 삶에서 그들에게 남은 것이라고는 거의 없었다. 그들은 다른 부모들을 마주쳤다. 어떤 부모는 지원금이 더디게 나오는 바람에 낙심해 있는 데다 돈이 달렸고, 또 다른 부모는 한 도청에서 다른 도청으로 서류를 전송해 주지 않아서 이사를 간 다음에 처음부터 모두 다시 시작해야 해서 아연한 상태였다. 부모는 3년마다 아이가 여전히 장애를 지니고 있다는 사실을 증명해야 함을 알게 되었다(한 어머니는 어느 사무실 앞에서 "3년 만에 그 애한테 다리가 자라나기라도 했을까봐서요?"라고 소리를 질렀다). 또 어느 부부가 무너져 내리는 소리를 들었다. 그들의 자녀는 관청의 말에 따르면 지원을 받기에는 충분히 부적응하지 않았으나, 통합되기를 기대하기에는 지나치게 부적응했던 것이다. 아무도 아이를 맡으려 하지 않았기 때문에 어머니는 아이를 돌보려고 직장을 그만두었다. 부모는 돌봄을 받지 못하고 계획도 친구도 없는 사람들이 가득한 사회 가장자리의 너른 무인지대를 발견했다. 그들은 눈에 보이지 않는 장애인 정신 질환이 있으면 어려움이 더해진다는 사실을 알게 되었다. 오전에만 문을 여는 어느 사회 의료 센터의 안내 창구에서 한 아버지는 "내 딸이 신체적으로 망가져야만 당신들이 움직일 거요?"라며 분통을 터뜨렸다. 맏이는 지친 부모가 아침에 일찍 떠났다가 아무런 성과도 얻지 못한 채 돌아오고, 신청서와 서류를 작성하고, 줄을 서고, 확인서를 받으러 뛰어다니고, 전화기에 매달려 있고, 어떤 날짜나 잘못된 정보에 대하여 항의하는 모습을 본 것이 한두 번이 아니었고 사실상 부모가 애원하고 있다고 생각했는데, 그런 생각이 마음속에 너무나 깊숙이 자리 잡은 나머지 행정 기관에 대하여 가라앉힐 수 없는 증오를 품게 되었다. 그것이 맏이에게 돌이

킬 수 없는 방식으로 자리 잡은 유일한 부정적인 감정
이었고, 결국 그는 어른이 되어서 장소에 상관없이 그
어떤 창구에도 다가갈 수 없었고, 서명을 하지도 못했
고, 아무런 신청 용지도 작성할 수 없었다. 맏이는 자
신의 신분증도, 계약도 갱신하지 않았으며, 단 1초라
도 행정 업무를 보느니 차라리 벌금이나 추가 경비를
내는 편을 택했다. 평생 동안 그 어떤 비자도 신청하지
않았고, 공증인 사무실이나 법정에 결코 발을 들이지
않았으며, 자동차도 아파트도 구입하지 않았다. 누이
말고는 아무도 그런 거부 반응을 이해하지 못했다. 누
이는 그를 위해 원천 징수 방법을 세무서에 문의하고
전화 계약을 해지할 수 있었으며, 보험료를 지불할 수
있었다. 단, 신분증 갱신은 예외라서 맏이가 반드시
있어야 했다. 누이는 미리 약속을 잡고 서류를 준비해
서 맏이와 함께 관공서에 갔는데, 맏이가 너무나 뻣뻣
한 자세로 플라스틱 의자에 앉아서 땀을 뻘뻘 흘리며
그 자리를 벗어날 생각만 하고 있었기에 누이는 감히
그에게 말도 붙이지 못했다.

　부모는 슬픔이 극도에 달해서 다른 해결책을 찾기

시작했다. 멀리 있는 더 특수하고 값비싼 곳을 찾기 시작했다. 그들은 남다른 사람을 짐으로 여기지 않는 어느 외국에 아이를 보낼 생각마저 했다. 하지만 포기 했다. 아이가 그토록 멀리 있을 거라는 생각만 해도 괴로웠기 때문이다. 밤이 오면 어머니는 안뜰에서 눈물을 훔치고 담배에 불을 붙였다. 아버지는 아내에게 버베나 차를 다시 따라 주고 손을 멈추었다가 포도주를 한 병 가지러 갔다.

그들은 어떤 시설이 있다는 이야기를 들었다. 그들이 사는 곳에서 수백 킬로미터 떨어진 외진 곳의 초원에 ㄴ자 모양으로 지어진 시설로서 자신들의 아이 같은 아이들로 가득하고 수녀들이 정성껏 돌보는 곳이라고 했다. 그 수녀들은 어디에서 살았을까? 밤에는 자기 집으로 돌아갔을까? 그 지역 출신이었을까? 아이가 추위를 잘 타지만 양모로 된 옷을 입으면 가려워한다는 사실을 알았을까? 아이가 당근 퓌레와 들풀 만지는 것을 좋아하며, 문을 쾅 닫으면 소스라친다는 사실을 알았을까? 또 그 수녀들은 아이가 경련 발작을 일으키거나 음식이 기도로 들어가는 상황, 아이의 눈꺼풀에 점점 더 자주 생기는 다래끼에 대처할 줄 알았을까? 맏이는 그에 대한 대답을 결코 얻지 못했다. 그는 그곳의 평평하고 돌멩이 없는 풍경, 온화한 기후가 싫었다. 건물과 정원이 벽으로 둘러싸인 것이 말도 안 된다고 생각했다. 아이가 힘껏 달려서 달아나기라도 할 수 있다는 말인가, 라고 맏이는 생각했다. 자동차는 파란색 정문을 지나서 큰 소리로 타닥거리는 자갈 위를 지나갔다. 건물은 낮았고 지붕은 기와로 덮였으며 전면은 하얀색이었는데, 맏이는 순간적으로 자기가 사는 고장의 모래 색깔, 석회와 섞인 편암이 내는 그 특별한 색조의 벽들이 더없이 그리웠다. 그는 자신이 자동차의 좌석에서 아이를 들어 올려 아이의 목덜미를 손으로 받친 채 평원에서 발길을 돌려 반대 방향으로 달리는 모습을 상상했다. 그런 생각에 잠겨 있느라 그는 하얀 수녀 모자를 쓴 여자들이 보내는 인사에 답하지 않았다.

맏이는 자동차에서 내리지 않았다. 시설을 돌아보는 일도, 작별 인사를 하는 일도 거부했다. 그는 아이가 자기에게 가르쳐 준 것처럼 소리에 집중했다. 자동차 트렁크가 열리며 나는 바람 소리, 가방이 끌리며 미끄러지는 소리(아이가 가장 좋아하는 보라색 잠옷을 챙겨 넣었던가? 또 산을 떠올리게 할 만한 강가의 자갈은? 나뭇가지는?), 자갈 밟는 발소리, 정문이 삐걱대는 소리, 침묵, 이름 모를 새가 몇 차례 지저귀는 소리, 다시 들리는 발소리, 차의 문이 닫히는 소리, 자동차의 시동이 걸리는 소리. 맏이는 검은 눈으로 계속 초원을 바라보다가 자신의 삶으로 되돌아갔다.

아버지는 수녀들을 두고 농담을 했고, 사촌들은 전화를 걸어 와 '교황주의자'들을 상종해야만 하다니 참 운도 없다며 웃었다. 하지만 모든 사람이 아이가 돌봄을 받게 되었다는 사실에 안도했다. 맏이를 제외한 모든 사람이.

맏이의 마음속 깊이 슬픔이 자리 잡았다. 맏이는 여전히 아이 몸의 모양대로 움푹 들어가 있는 소파의 쿠션을 피해 다녔다. 강 근처에는 더 이상 가지 않았다. 장 볼 목록을 적지도 않았고, 아침의 습관을 바꾸

었다. 학교가 끝나도 곧바로 집에 들어가지 않았다. 이
제는 아무도 기저귀나 당근 퓌레를 필요로 하지 않았
으니까.

맏이는 머리를 짧게 자르고 안경을 쓰기 시작했
다. 갓 들어간 고등학교에서 그는 기억이 넘쳐나는 사
람들이 그러듯 지나칠 정도로 진지하게 열의를 보였
다. 그의 주변에는 타인들이 있었다. 눈길 한 번 주는
것으로 그의 남동생과 나머지 세상 사이에 장벽을 세
워버린 그 타인들 말이다. 그들과 함께 살아가야 했다.
맏이는 그 사실을 알았다. 그는 소외되지 않을 정도
로, 하지만 자신이 마음을 열고 애착을 갖기에는 충
분하지 않은 정도로 그들을 자신의 삶에 끼워 넣었다.
무리에 뒤섞였고, 셀프서비스 식당에서 점심을 함께
먹을 누군가를 찾아냈고, 저녁나절에 사람들을 만나
러 나갔다. 그는 혼자 있기를 좋아하는 사람이었지만,
홀로 있는 일을 피했다. 아침에 잠에서 깰 때마다 그의
눈에는 눈물이 고였다. 눈을 뜨는 순간에 먼저 강물
소리가 들려왔고, 뒤이어 곧바로 자기 방에서 몇 걸음
떨어진 곳에 있는 작은 침대에 시트가 씌워져 있지 않

다는 확신이 들었기 때문이다. 그러면 그는 순간적으로 마음이 굳으면서 자기 몸이 메말라 조밀하고 묵직한 덩어리가 되어 가는 것을 느꼈고, 그다음 순간에 소리 없이 폭발하며 자신의 하루를 난도질할 날카로운 파편들을 무수히 내보냈다. 맏이는 제 가슴을 만지며 자신이 피를 흘리지 않는다는 사실에 항상 놀라곤 했다. 그는 힘겹게 숨을 몰아쉬며 맨발로 타일 바닥을 딛고 상반신을 수그린 채 앉아 있었다. 그는 어디선가 용기를 끌어내어 간신히 일어나 아이의 방 앞을 지나갔고, 빈 욕실을 힘겹게 마주했다. 세면대 가장자리에는 이제 더 이상 쓸모없어진 아몬드기름 병이 놓여 있었다.

맏이는 어디를 가든 신체적인 결핍을 견뎌야 했다. 그 일이 가장 힘들었다. 창백하고 부드러운 피부의 감촉, 뺨에 뺨을 맞대고 머물러 있는 것, 아이의 냄새, 아이 머리칼의 감촉, 배회하는 아이의 검은 눈, 겨드랑이를 붙들어 아이를 들어 올리는 몸짓, 가슴 위로 들어 올리며 접촉하는 몸, 목으로 내뿜는 숨결, 오렌지 꽃 냄새, 평화로운 정지 상태, 또 그 부드러움, 맏이가 살아가도록 도와주던 그 엄청난 부드러움. 거기에 더해 아이가 제대로 돌봄을 받는지 끊임없이 걱정하는 일도 감당해야 했다. 맏이는 아이가 추워할지 모른다는 생각을 하면 끔찍했다. 맏이 자신이 숙제를 하고, 버스의 좌석에 앉고, 처음 난 무화과를 따는 바로 그 순간에 아이가 추울지 모른다는 생각 말이다. 그 두 시간성이 포개지는 일을 맏이는 견딜 수 없었다. 거기에 아이가 자기를 제대로 알지 못하는 손길에 마구잡이로 다루어질 거라는 두려움이 더해졌다. 그럴 때면 어김없이 맏이는 자신이 남동생을 천으로 뒤덮었던 과수원으로 가서 바닥에 떨어진 사과들을 쳐다보곤 했다. 그곳에서 그렇게 멍하니 서서 기억에 빠져 있는 일이 아무 소용없다는 사실을 맏이는 잘 알았지만 어쩔 수 없었다. 그것이 미쳐가는 제 마음을 가라앉히고 아이와 함께 있는 한 방법이었다.

어느 날 부모는 맏이를 어느 사촌의 결혼식에 데려갔다. 맏이는 많은 사람이 모인 자리를 좋아하지 않았고, 멋 부리고 격식을 차리는 일은 더욱 싫어했다.

하지만 그는 자제할 줄 알았고, 무엇보다 부모가 행복해 보였다. 어머니는 머리카락을 매끈히 펴서 단장했고, 아버지는 아내에게 몸을 기울였으며, 어머니는 미소 짓고 있었다. 산을 배경 삼아 풀밭에 놓인 그 둥근 탁자에 둘러앉은 순간을 맏이는 잠깐의 휴식으로 여겼다. 맏이 같은 사람들에게 그러한 잔치는 휴전이었다. 맏이는 누이가 어디에 있는지 알려고 주위를 둘러보다가 나무 두 그루 사이에 설치해 놓은 기구에서 운동하는 사람들 틈에서 그녀를 찾아냈는데, 바로 그 순간에 "사랑은 서로를 바라보는 것이 아니라, 함께 같은 방향을 바라보는 것입니다."라는 내용의 말이 울려 퍼졌다. 결혼 입회인 한 사람이 마이크에 대고 한 말이었다. 결혼식 연설에서 어김없이 나오는 말이었다. 생텍쥐페리가 했다는 그 말이 맏이는 너무도 멍청하게 들려서 무척 싫었다. 그것은 팀의 논리지 부부의 논리가 아니었다. 사랑을 어떤 목적에 연관 짓다니 얼마나 기이한 세상인가. 사랑은 그와 반대로 상대가 설령 앞을 보지 못해도 그 눈 속에 풍덩 빠져드는 것이라는 사실을 이해하지 못한다니 얼마나 아쉬운가. 맏이는 외롭다고 느꼈다. 잠시 주위를 둘러보았다. 사람들이 그 연설을 듣고 있었다. 그는 그 자리에 아이와 함께 있을 수 있다면 무엇이든 내주었을 것이다. 맏이는 아이를 풀밭에 눕히고 아이의 눈에 제 눈길을 담갔을 것이다. 그는 프랑스어 교사가 트리스탄과 이졸데 전설을 가르쳤을 때 느낀 충격을 떠올렸다. 두 연인이 '함께 같은 방향을 바라보았을' 리가 만무하지 않은가! 그들은 서로의 안에 녹아들었고, 맏이는 평소에 문학보다 수학을 더 좋아했지만 그 연인만은 좋아하지 않을 수 없었다. 그는 강력한 사랑이 요구할 때 규칙 따위는 무시하게 된다는 사실을 너무도 잘 이해했다.

맏이는 고등학교에 막 들어갔을 때, 그때까지 발달시킨 예민한 청각 때문에 아주 작은 소리만 들려도 소스라쳤다. 그는 요란스레 몰려다니고 교문 앞에서 무리들이 서로 외치는 소리를 싫어했다. 하지만 그런 사실을 드러내지 않았다. 시끄러운 소리가 들리면 눈물이 차오를 때도 있었다. 그럴 때면 부드러운 존재와 침묵, 규칙적인 숨소리가 간절히 그리웠기 때문이다. 그는 마음속으로 부적응한 존재가 바로 자신이라고 생각했다. 맏이는 자기가 아이를 볼 수 없는 바로 그 순간에도 아이가 숨을 쉬고 있으며, 아이가 자신에게서 멀리 떨어져 있음에도 불구하고 여전히 존재한다는 생각에 마음이 너무도 아파서 대응책을 만들어냈다. 그는 책 읽기를 완전히 그만두고 과학에 집중했다. 과학은 적어도 그를 아프게 만들지 않았기 때문이다. 과학은 기억으로 이어지는 다리를 놓지 않았고, 느낌을 불러일으키지도 않았다. 과학은 마치 산과 같아서 마음에 들든 안 들든 슬픔에 무감각하게 그저 그 자리에 놓여 있었다. 과학은 정확함을 담고 있었다. 과학은 자신의 법칙을 강요했다. 매사가 참이거나 거짓이었고, 고요하거나 폭풍우가 몰아쳤다. 맏이는 기하학 문제, 단어 없이 적힌 수수께끼, 원시 언어가 쓰인 원고처럼 줄줄이 이어지는 산술에 빠져들었다. 증명해 내면 되었다. 그 일은 차가웠고 마음을 진정시켰다. 그는 고개를 들면 수녀들에 대한 질투 어린 분노가 주체할 수 없이 솟아오름을 느꼈다. 그래서 다시 숫자들로 빠져들었다.

몇 년이 지난 후에 그는 수녀 역시 놀라운 기저 언어infralangage 수준에 도달한 사람들로서 말이나 몸짓 없이 소통할 수 있다는 사실을 깨달았다. 그들은 오래전부터 매우 특별한 그런 사랑을 이해하고 있었다. 예민한 동물적인 본능에 바탕을 둔 더없이 섬세하고 신비로우면서 쉽게 사라져버리는 사랑, 보답 받을 생각은 하지도 않으면서 예감하고 내어주며, 현재 순간에 감사하는 미소, 평화로운 돌멩이의 미래에 무심한 미소를 알아보는 사랑을.

여름 방학이 시작할 때마다 가족은 아이를 데리러 산을 타고 초원까지 올라갔다. 맏이는 파란 정문이 다가오는 것을 보았고, 자갈 소리를 들었다. 그는 자동차에서 내리지 않았다. 수녀들은 아이를 안고 층계참까지 나왔다. 그들은 아이의 머리를 제대로 받쳤고, 자동차 뒷좌석의 특수 의자에 참을성 있게 아이를 앉히고 띠를 매어 주었다. 어머니는 아이의 머리칼을 부드럽게 쓰다듬고 수녀들에게 감사 인사를 했다. 맏이는 똑바로 앞을 바라보았다. 그는 배 속, 손가락들, 관자놀이에서 심장이 두근거렸고, 온몸이 폭발해 버릴 것만 같았다. 새로운 향기가 났는데, 자기가 아는 오렌지 꽃 냄새가 아니라 더 달콤한 냄새였다. 그는 그대로 있으면 자신이 제 몸을 아이의 목에 기울여 그토록 그립던 감촉을 느끼려고 제 뺨을 아이의 뺨에 댈 것 같았다. 그래서 절망적인 저항의 몸짓으로 안경을 벗었다. 그는 근시였기에 그렇게 하면 아이를 볼 위험이 없었다. 아이를 보는 것은 곧 처음부터 전부 다시 시작한다는 뜻이었기 때문이다. 그러면 아이 없이, 부드러운 피부와 미소 없이 지낸 그 모든 날들이 다시 떠오를 것이었다. 그러면 더욱 고통스러울 다가올 이별이 그려졌다. 아이를 보는 것은 이제껏 꿋꿋하게 버텨온 일을 순식간에 무너뜨렸다. 이는 곧 바닥에 누워서 죽음을 뜻했다.

그래서 맏이는 안경을 벗어 두었다. 집으로 돌아오는 내내 이를 꽉 물었다. 억지로 고개를 유리창을 향해 돌린 채 흐릿한 풍경을 바라보았다. 초록색과 하얀색, 갈색 반점들이 연이어 빠른 속도로 지나갔다. 한순간, 맏이는 참지 못하고 반대편 차창 옆에 있는 특수 좌석을 힐끔 쳐다보았다. 그리고 안도했다. 이제는 더욱 길어져 좌석에서 삐져나온 깡마른 종아리를 빼고는 아무것도 또렷이 보이지 않았다. 그런데 아이가 발에 무엇을 신고 있던가? 실내화였다. 그런데 그게 어디서 난 것이었을까? 그는 그런 생각을 멈추고 억지로 시선을 돌렸다. 그는 누이가 자기를 유심히 관찰한다는 사실을 모른 채 바깥의 반점들에 집중하며 따끔거리는 눈을 비볐다. 어머니는 고속도로 휴게실에서 아이의 기저귀를 갈았고, 아이에게 먹을 것을 주며 그 귀에 대고 부드럽게 말했다. 아이가 귀여움 받는 모습을 보자 맏이는 안심이 되었다. 하지만 감정을 주체할 수 없을까 봐 고집스럽게 동생을 안 보려 했다.

그들은 안뜰에 도착했다. 처음으로 보인 것은 썩썩하게 걸어 나오는 누이였다. 그녀는 이제 더 이상 어린 소녀가 아니었지만 여전히 명랑했고 활달했으며, 제 오빠를 유심히 살피고 있었다. 이제는 자신이 오빠를 돌볼 차례였다. 그다음에 맏이가 왔다. 손에는 아무것도 들지 않았다. 그 뒤로 어머니가 아이를 안고 왔다. 어머니는 조심스럽게 걸었다. 아이가 자라서 엉덩이와 머리 사이가 길었고, 아이의 등이 구부러지지 않게 잘 받쳐 주어야 했다. 어머니는 현관문을 열려고 아이를 커다란 쿠션들 위에 눕혔다. 그때 우리는 맏이가 남동생에게서 멀리 떨어진 곳에 플라스틱 의자를 하나 끌어당겨 앉고서 눈을 가늘게 뜨는 모습을 보았다. 그는 동생을 똑똑히 보려 했지만, 안경을 다시 쓰지는 않았다. 동생을 보는 일이 너무나 벅찼기 때문이다. 하지만 그는 자동차를 타고 오는 동안 한 가지 사실을 깨달았다. 동생을 더 이상 보지 않는 일도 견딜 수 없을 거라는 사실을. 그래서 **어찌되었든** 아이를 보려고 시도했다.

맏이는 방학 때마다 그렇게 했다. 수학 공부를 한다는 핑계로 안뜰에 자리를 잡고 앉아서 고개를 들었다. 누운 아이의 모습을 가늠하느라 눈을 가늘게 뜨고 얼굴을 찌푸렸다. 맏이는 아이에게 더 이상 음식을 먹이지 않았고, 말을 걸지도, 손을 대지도 않았다. 하지만 어머니가 아이를 욕조에서 씻길 때, 욕조를 향해 고개를 돌린 채 오랫동안 손을 씻었다. 소파 옆에서 채소의 껍질을 깎다가 자주 손을 멈추고, 다가가지 않을 것이며 아이의 뺨에 뺨을 대지 않을 거라고 애써 다짐했다.

맏이는 자신의 근시 때문에 희미한 실루엣만 보였으므로 청각을 동원하기 시작했다. 그는 그 일을 잘 할 줄 알았다. 남동생이 숨을 쉬고, 기침을 하고, 침을 삼키고, 한숨을 쉬고, 신음하는 소리를 귀 기울여 들었다. 밤이면 소스라치며 잠에서 깨어나 불쾌한 장면들을 마음속에서 몰아냈다. 침대 시트를 젖혀 내렸다. 바닥의 타일 위를 걸어가 침대의 소용돌이 장식이 보일 만큼 살짝 방문을 밀었다. 그 이상 나아가지는 않았다. 그는 그곳에서 아이가 숨 쉬는 소리를 들었다. 다가가서는 안 되었다. 그러면 회복되지 못할 테니까. 그는 몸을 바르르 떨며 찢어지는 마음으로 문 뒤에 서 있었다. 터무니없는 일이었지만 어쩔 수 없었다. 맏이는 시련을 마주하며 적응하고 있었다.

한밤중에 맏이가 잠자리에서 일어나 안뜰의 벽에 다가와 우리에게 이마를 대고, 그의 양손은 얼굴 높이로 올라와 우리를 누른다. 그의 몸은 맞서 싸울 태세로 긴장한다.

몇 달이 지났다. 어느 여름, 이제는 거의 청년이 된 맏이는 그 지역의 멀리 사는 친구들을 보러 가려고 배낭을 쌌다. 며칠 동안 여행할 예정이었다. 그가 부모에게 인사를 하고 안뜰을 가로질러 가다가 갑자기 뒤돌아서는 모습이 우리에게 보였다. 어떻게 놀랄 수 있겠는가? 모든 것은 결코 지속되지 않고, 심지어 우리도 결국은 산산조각 나 가루가 될 것이다. 맏이가 관계를 되찾을 때가 왔다. 곧 떠난다는 사실 때문이었을까, 아니면 아이와 떨어져 있느라 지난 몇 달간 겪은 고통이 도를 넘어선 것일까? 원숙해진 것일까, 아니면 반대로 성장하지 못하고 스스로를 납득시키지 못하는 데에서 오는 피로 때문이었을까? 어찌되었든 맏이가 나무로 된 문을 지나가기도 전에 확신이 피어났다. **옆에서** 살아가는 일은 더 이상 불가능했다. 맏이는 나름대로 노력했다. 안경을 벗었고, 다른 관계도 맺어 보았으며, 사람들과의 일들로 자신이 보내는 날을 채워 넣었다. 할 만큼 맞서 싸우면서 흐릿한 실루엣으로 만족했고, 잠을 이루지 못하는 밤에도 침대에 다가가지 않는 데 성공했다. 그 결과는 다음 몇 마디로 요약되었다. **옆에서** 사는 일은 더 이상 불가능했다. 맏이는 배낭을 바닥에 내려놓고 계단을 올라갔다.

발걸음이 저절로 시원한 방을 향해 옮겨졌다. 그는 방문을 밀고 하얀 소용돌이 장식이 달린 침대를 향해 걸었다. 아이는 평소처럼 누워 있었다. 몸이 자랐다. 10살 아동용 보라색 잠옷을 입었고 안에 양털이 대어진 실내화를 신고 있었다. 두 주먹이 꼭 쥐어지고 입은 살짝 벌어져 있었다. 외모는 맏이 자신과 꼭 닮았다. 아이의 눈은 이리저리 떠돌았다. 정확한 궤적을 따라 움직이는 것이 아니라면 말이다. 아이는 열린 창문으로 들려오는 강물과 매미 소리를 듣고 있었다. 맏이는 침대 틀의 소용돌이 장식을 난간처럼 붙들고 매트리스로 몸을 기울였다. 아이가 창문 쪽으로 고개를 돌리고 있었기에 동글고 보드라운 뺨이 보였다. 맏이는 새가 둥지로 되돌아오듯 그 뺨에 제 얼굴을 대었고, 너무나 큰 위안이 느껴져서 눈물이 솟았다. 몇 달 동안 묻어 놓은 말들이 떠올랐다. 맏이는 제 뺨을 아이의 뺨에 댄 채 예전과 똑같은 어조로 아이에게 힘들이지 않고 술술 이야기했다. 그는 자신이 치사한 꾀를 부리느라 아이를 보지 않으려고 안경을 벗었다고 말하면서 아이 없이 지낸 무수한 날들을 이야기했다. 맏이의 마음은 무르익은 과실처럼 열렸다. 하지만 아이는 미소 짓지 않았고 눈조차 깜빡이지 않았다. 다른 곳을 쳐다보며 언제나처럼 가만히 숨을 쉬었다. 아이는 맏이의 목소리를 더 이상 알아듣지 못했다. 맏이가 얼마나 오랫동안 아이에게 말하지 않았던가? 맏이는 아주 창백해진 얼굴로 몸을 일으키더니 가방을 집어 들고 친구들을 만나러 떠났다.

맏이는 나흘을 버텼다. 닷새가 되는 날 새벽에 그는 어느 밤나무 숲가의 도로에서 지나가는 자동차를 얻어 탔다. 그날 오후에 나무로 된 문을 어깨로 밀며 씩씩하게 안뜰로 들어섰고, 부모가 어리둥절히 쳐다보는 가운데 거실을 가로질러 곧바로 계단을 올라갔다. 나흘 전부터 아무것도 움직이지 않은 듯했다. 침대, 열린 창문 앞에 걸려 햇빛을 받는 커튼, 강물이 세

차게 흐르는 소리. 맏이는 방문을 불쑥 열었다. 숨을
거칠게 몰아쉬며 다시금 침대 위로 몸을 굽혔다. 맏이
는 또다시 말하기 시작했다. 자신이 잊히는 두려움을
숨기지 않고 불규칙하게 성급히 말하며 더듬거렸다.
그는 아이에게 용서를 구했다. 그러자 아이는 긴 속눈
썹을 깜빡이더니 입을 열었다. 행복하게 들리는 단조
로운 목소리가 가늘게 올라오다 마지막 순간에 공기
처럼 가벼운 음조로 날아올랐다. 맏이는 여름을 그곳
에서 보내겠노라고 알렸다.

　　맏이는 재회를 향해 나아갔다. 어느 날 그는 미지
근한 물이 담긴 대야와 가위, 빗을 안뜰로 가져갔다.
쿠션 옆에 무릎을 꿇고 앉아서 아이의 머리를 가만히
물로 적시며 이마를 수건으로 토닥여 닦았다. 아이의
머리 한쪽을 자른 다음, 양 볼을 손으로 잡고 고개를
돌려 다른 쪽 머리를 잘랐다. 맏이는 아이를 부드럽
게 쓰다듬듯 닦아 주었다. 예전의 몸짓이 고스란히 돌
아왔다. 하지만 시간이 필요했고, 여름은 두 달뿐이었
다. 자동차가 초원에 있는 시설 앞에 멈춰 섰을 때, 맏
이는 차에서 내리지 못했고 아이에게 감히 잘 가라고

인사를 하지도 못했다.

하지만 고등학교로 되돌아가는 일이 여느 해보다 덜 고통스러웠다. 그는 동생이 안전한 곳에 있다는 사실을 알고 있었다. 또 자신이 미래의 삶을 향해 나아가고 있다는 사실도 알았다. 처음으로 그 두 사실이 서로 충돌하지 않았다. 맏이는 분노를 느끼지 않으면서 수녀들을 떠올렸다. 그들은 아이를 잘 돌보고 있었다. 맏이는 안심이 되었다. 그는 소용돌이 장식이 있는 침대에서 매일 들려오던 행복한 노래의 선율을 떠올리며 힘을 얻었다. 그는 몰입해 있던 수학에서 벗어나 음악을 듣고 영화관에 가고 사람들과 이야기를 나누기 시작했다. 물론 그는 자신이 결코 분위기를 주도하는 인물이 될 수 없으리라는 사실을 알았다. 그에게는 그런 사람들이 지닌 막힘없는 자연스러움이 없었다. 맏이는 침묵이 감돌거나 뜻밖의 질문을 받을 경우를 대비해 항상 대화 주제 몇 가지를 기억해 두었다. 어떤 말을 듣고 당황하거나 느슨해진 분위기에서 마음이 약해질 경우를 대비해서 말이다. 마음이 건드려지면 안 되었다. 그런 일은 그에게 금기였다. 치러야 할 대가가 너무 컸다. 그래서 아무도 그 두려움으로 이루어진 단단한 덩어리를 뚫고 들어가지 못할 것이었으나, 그래도 맏이는 경계를 늦추는 데 성공했다. 웃음을 터뜨리고 허심탄회한 모습을 보였고, 심지어 여자애를 잠깐 사귀기도 했다. 그것이 그가 스스로에게 줄 수 있는 전부였다. 그는 남동생이 생각나면 미소를 지었다. 동생은 멀리 있었지만 그래도 엄연히 그곳에 있었다. 맏이는 물뱀이 잽싸게 구불거리는 움직임에서, 가루같은 흰 꽃이 가득한 공중에서, 또는 바람이 일 때 아이를 느꼈다. 그런 때면 강가의 나무들이 전율하는 소리가 들리는 것 같았다. 아름다움은 항상 아이에게 빚을 질 것이었다. 그러한 확신은 근육과 뼈대로 변했다. 다음 여름 방학 때 아이를 볼 거라는 예상에 더 이상 마음이 찢어지듯 아프지 않았다. 반대로 기뻐서 날아갈 것 같았고, 안경을 쓰고서 아이와 보내는 시간을 만끽할 수 있을 정도로 자신이 단단해졌다고 느꼈다. 아이의 평온함을 얼른 다시 만나고 싶었다. 이는 새롭고도 강력한 느낌이었다. 시련이 마침내 힘으로 변모한 것이다. 그러면서 맏이는 아이가 얼마나 많은 것을 가져다주는지 깨달았다. 아이는 부적응한 사람인지 모르지만, 다른 그 누가 그만큼 풍성하게 만드는 힘을 지녔을까? 아이가 존재한다는 사실 자체가 비교할 수 없는 경험이었다. 맏이는 비록 제 속을 터놓고 마음을 열고 친구들을 초대하는 습관은 잃었지만, 그 대신 그 소중한 사랑을 받았다. 그래서 맏이는 자동차가 초원에 있는 집 앞에 설 때 처음으로 차에서 내릴 수도 있겠다고 생각했다. 어쩌면 그 집에 들어가서 수녀들과 이야기를 나눌지도 모를 일이었다.

맏이가 그 정도로 되살아났을 때, 아이가 죽었다는 소식이 들려왔다. 살아온 것만큼이나 조용히 죽었다고, 맏이가 단 한 번도 이야기를 나누지 않은 수녀들이 말해 주었다. 아이의 허약한 신체 기관이 단순히 몸을 저버렸다. 그 저버림은 격렬하지 않게, 숨이 멈추는 모습으로 나타났다. 독감이 유행했고, 기침과 간질 발작이 더 자주 생겼으며, 아이가 음식을 더욱 느리게 삼켜서 식사하는 데에 시간이 오래 걸렸다. 아이는 자신이 할 수 있는 만큼 했고, 자신에게 주어진 것을 가지고서 열심히 살았다. 가지고 있던 자원을 다 써 버린 모양이었다. 어느 날, 아이는 잠에서 깨어나지 않았다.

수녀들은 눈시울을 훔쳤다. 시신은 건물의 맨 안쪽에 있는 세탁실 옆에 따로 꾸며 놓은 방에 놓여 가족을 기다렸다. 평소에 들리는 소리들과 더불어 속삭임과 바닥의 포석을 밟는 걸음 소리가 들려왔다. 맏이는 아무것도 실감하지 못하고 기계적으로 움직였다. 아이가 오랜 시간을 보낸 곳에 처음으로 들어간다는 생각만 들었다. 복도에서는 미지근한 퓌레 냄새가 났다. 벽에 허리 높이쯤 달린 침대들은 떼었다 붙일 수 있는 살이 달린 높은 울타리로 에워싸여 있었다. 맏이는 쿠션과 털 인형이 없다는 사실을 깨달았는데, 그것은 안전한 대비책이라고 생각되었다. 이불들은 연한 노란색이었다. 벽에는 작은 오리와 병아리, 고양이들이 그려진 포스터가 붙어 있었다. 손으로 그린 그림이 하나도 붙어 있지 않은 이유는, 그곳에 있는 아이들 중 아무도 연필을 들 수 없기 때문이라고 맏이는 생각했다. 창문들은 정원을 향해 나 있었다. 아이가 바깥

의 소리를 들을 수 있도록 창문을 열어 두었을까? 맏
이는 그랬을 거라고 생각했다.

시신이 안치된 방에 들어서는 순간, 맏이는 안경을
벗고 눈을 감았다. 단단한 모서리를 손으로 더듬으며
그것이 관일 거라고 확신했다. 몸을 기울였다. 코에 차
갑고 부드러운 면이 느껴졌다. 뺨이었다. 맏이는 살그
머니 눈을 떴다. 감긴 눈꺼풀이 보였다. 눈꺼풀은 반
투명했고 미세한 푸른 핏줄이 나 있었다. 속눈썹이 창
백한 피부에 그림자를 드리웠다. 살짝 벌어진 입에서
는 그 어떤 평화로운 숨결도 흘러나오지 않았다. 논리
적인 일이었다. 무릎은 약간 구부러져 있었는데, 특수
한 골격 형태 때문에 벌어진 채 관의 내벽에 닿았다.
팔은 가슴에 한데 모아져 있었고, 손은 작은 주먹으
로 쥐어져 있었다. 맏이는 자기가 보라색 잠옷을 가져
가도 되는지 물었다.

마을로 돌아와서 잠옷으로 갈아입은 어머니는 남
편의 어깨를 물더니 비틀거리며 그의 품에 안겼다. 그
는 아내를 꼭 끌어안았고, 둘은 함께 바닥에 주저앉

왔다. 누이는 잔뜩 굳은 몸으로 자기 방의 창가에서 새벽이 밝을 때까지 안뜰 너머 산을 뚫어지게 쳐다보았다. 맏이는 아무것도 하지 않았다. 몇 년 만에 처음으로 그는 밤중에 우리에게 머리를 기대러 안뜰로 오지 않았다.

장례식에는 많은 사람이 왔다. 물론 아이는 그 누구도 알지 못했지만. 사람들은 넉넉한 마음으로 부모를 위해서 왔다. 안뜰은 사람들로 북적였다. 그랬다가 모두 천천히 산으로 올라갔다. 그곳에서 죽은 자들은 산에 묻혔기 때문이다. 가족은 산에 작은 가족 묘지를 소유하고 있었다. 땅에 커다랗고 하얀 묘비가 두 개 놓여 있고 그 주위를 발코니를 연상시키는 아라베스크 장식이 달린 철책이 에워싸고 있었는데, 맏이는 그 것을 보고 침대의 장식을 떠올렸다. 사촌들은 천으로 된 간이 의자를 펼쳤고, 풀밭에 첼로를 세우고 플루트를 꺼냈다. 음악이 울렸다.

관을 무덤구덩이에 내릴 때, 사람들은 뒤로 물러났고 맏이 혼자 남았다. 맏이는 그 사실을 깨닫지 못했다. 관의 줄을 조심스레 내렸다. 관이 산의 배 속에 박히자 맏이는 너무도 강렬한 두려움에 사로잡혀 물어 뜯기듯 고통을 느꼈다.

"아이가 춥지 않아야 할 텐데."

그는 아이를 천천히 집어삼키는 땅을 뚫어지게 쳐다보며 마지막 작별 인사를 해야 할 순간임을 깨닫고, 아무도 듣지 못하도록 아이에게 약속을 하나 했다.

"너의 흔적을 남길게."

진단을 내리고 8년 동안 아이를 치료했던 교수도 왔다. 그는 아이가 기대했던 수명보다 훨씬 더 오래 살았다는 사실을 상기시켰다. 또 그 예기치 못하게 주어진 짧은 삶은 의학이 모든 것을 설명할 수 없다는 엄연한 증거라고도 말했다. 그는 아이가 받은 사랑 덕분이었을 거라고 부모에게 나직이 속삭였다.

그 이후로 맏이는 남과 친하게 지내지 않으며 성장했다. 그는 친해지는 일이 너무 위험하다고 생각한다. 사랑하는 사람은 그토록 쉽게 사라져버릴 수 있다. 그는 행복할 가능성을 행복을 잃을 가능성과 직결시킨 어른이 되었다. 불운이든 행운이든 맏이는 삶을 더 이상 자신에게 조금이라도 이롭게 해석하지 않는다. 그는 평온함을 잃었다. 그는 영영 멈추어 버린 어느 정지된 순간을 마음속에 간직한 사람 중 하나가 되었다. 그의 마음속에서 무엇인가 돌멩이가 되었는데, 이는 무감각해졌음을 뜻하는 것이 아니라, 참고 견디며 움직이지 않음, 날이 흐름에 따라 철저하게 똑같음을 뜻한다.

맏이는 또 마음속으로 항상 경계 태세를 갖추고 있다. 회의를 마치거나 영화를 관람하고 나와서 휴대폰을 다시 켤 때, 자주 안도하는 마음에 휩싸인다. 누군가 겁에 질려서 보낸 메시지를 받지 않은 것이다. 마음이 찢어지는 이별도, 재앙도 없다. 운명은 그에게 소중한 누군가를 데려가지 않았고, 가족은 잘 지낸다. 누가 5분 늦게 도착하거나, 버스가 갑자기 속도를 줄이거나, 이웃이 며칠 동안 보이지 않으면, 맏이는 마음속으로 점점 더 불안해짐을 느낀다. 걱정이 그의 마음속에 뿌리를 내렸고, 그것은 끈질기고 저항력 강한 산에서 난 무화과처럼 싹을 틔웠다. 그런 마음은 언젠가 사라질지 모른다. 아닐 수도 있지만.

　한밤중에 그는 목덜미가 땀에 젖은 채 머릿속이 아이의 모습들로 가득 차서 벌떡 일어난다. 아이에게 나쁜 일이 생기는 꿈을 꾼다. 그는 아이가 괜찮은지 확인하려 한다. 그러다가 아이가 더 이상 그곳에 없다는 사실을 기억해낸다. 흐른 날들이 아무런 영향도 미치지 못한 듯 그 일이 그토록 생생하다는 사실이 그에게는 항상 놀랍다. 동생은 영원히 그 전날에 죽었다. 사람들은 시간이 약이라고 그에게 여러 번 말했다. 하지만 그런 밤이면 그는 시간이 아무것도 치유하지 못한다는 사실을 가늠한다. 그는 매번 고통을 조금 더 강렬하게 파 들어가고 되살린다. 그것, 바로 슬픔이 그에게 남은 아이의 전부다. 그러니 거기에서 빠져나올 수 없다. 그것은 곧 아이를 영영 잃는다는 뜻일 테니까.

　그는 일어나서 음식을 조금 먹는다. 창문으로 도시의 밤을 바라본다. 산속의 밤보다 훨씬 더 고요하다. 그가 도시에 적응하는 데에는 시간이 걸렸다. 오랫동안 그는 개에게 목줄을 다는 일이 어처구니없다고 생각했다. 또 소리도, 매미도, 두꺼비도 없는 여름도. 삼월만 되면 그는 자기도 모르게 고개를 들어 처음 날아다닐 제비를 찾았고, 칠월이면 명매기 소리를 들으려고 귀를 기울였다. 냄새들, 짐승의 똥, 버베나, 박하 냄새를 찾았고, 소리들, 양들의 종소리, 강물 소리, 곤충이 윙윙대는 소리, 나무껍질을 세차게 스치는 바람 소리를 찾았다. 그랬다가 가파른 곳만 알던 그였건만, 평평하고 발자국 없으며 여자들의 하이힐이 오가는 땅바닥에 익숙해졌다. 그는 도시에 부적합한 지식들을 제 안에 지니고 있다. 밤나무가 해발 800미터 이상에서는 자라지 않는다는 사실, 개암나무는 활을 만들 때 쓰이는 가장 유연한 나무라는 지식이 그에게 무슨 쓸모가 있겠는가? 아무런 쓸모도 없지만 그는 그런 지식에 익숙하다. 그는 쓸모없는 지식들을 잘 알고 있다.

맏이는 밤이면 창문 앞에서 급류에 잠긴 오리나무의 유연한 가지들을, 푸른 잠자리들을 생각한다. 그러다 항상 자신이 가장 좋아하는 사진, 강가에서 찍은 사진을 확대해 끼운 액자를 집어 든다. 그 사진을 강렬하게 쳐다본다. 그는 아이의 얼굴 높이에서 그 사진을 찍으려고 돌들 위에 거의 눕다시피 했다. 아이의 시커멓고 커다란 눈이 미끄러지며 옆으로 가버릴 태세지만, 사진에서는 아이가 사진기를 똑바로 쳐다본다는 느낌이 든다. 아이의 더부룩한 머리칼이 산들바람을 맞아 납작해져 있다. 아이의 동그란 뺨은 쓰다듬어 주고 싶은 마음을 불러일으킨다. 그 주위로 전나무들이 지켜본다. 반짝이는 물이 흐르고, 거기에 자갈로 쌓은 둑 위로 허리를 구부린 누이의 작은 두 발목이 비죽 솟아 있다. 누이는 사진기 쪽으로 고개를 돌리고 렌즈를 똑바로 쳐다본다. 위쪽에는 하늘이 나뭇잎과 가지들 사이로 비집고 들어와 푸른 레이스를 그린다. 맏이는 그 사진을 아침까지 계속 들여다보고 있기도 한다.

그런 다음, 그는 일하러 떠난다.

맏이는 수학적인 정신을 매우 발달시켜서 어느 대기업의 재무부장이 되었다. 숫자는 배반하지 않고 신뢰할 수 있으며, 그 어떤 뜻밖의 나쁜 소식도 가져오지 않는다. 매일 아침 그는 짙은 색 양복을 입고, 다른 짙은 색 양복들과 함께 버스를 탄다. 그는 다른 사람들을 좋아하지 않지만 그들을 용납한다. 회사에는 특별히 친한 사람이 없다. 카페테리아에서 혼자 점심을 먹지 않고 가끔 일요일에 초대를 받을 정도로 단순한 동료를 두는 것으로 만족한다. 그는 남의 눈에 띄지 않기 위해서 말할 것과 해야 할 일을 알고 있다. 그는 경계심도, 호감도 불러일으키지 않는다. 평범하기 그지없는 30대 남자고 그것으로 만족하며, 그렇게 군중 속에서 익명의 실루엣으로 지내면 운명이 자기를 잊어버리고 가만히 놔둘 거라는 엄청난 희망을 품는다. 그리고 그가 계산과 도표, 비용/이윤 표, 거액의 은행 거래, 수지 균형을 맞추는 데 그토록 뛰어난 이유는 그가 자신의 의지로는 어쩔 수 없는 것에 피해를 당한 적이 있기 때문이라는 사실은 아무도 모른다. 양복 입은 그 간부의 이면에 검은 눈을 이리저리 떠돌게 놔두는 이상한 아이가 있다는 사실을 아무도 전혀 짐작하지 못한다.

그에게는 약혼자도, 자녀도 없다. 그런 일은 누이에게 맡겨 둔다. 그녀는 훗날 딸 셋을 둘 것이고, 그들은 방학이면 소리를 지르며 안뜰을 누비고 다닐 것이다. 누이는 외국에서 살기 때문이다. 어떤 나라, 남편, 아이들. 그녀는 여기에서 멀리 떨어진 곳에서 정상적인 삶을 얻어냈다. 누이가 남들과는 다르다는 저주를 기필코 극복하고 채워낸 반면에, 맏이는 그 저주에 붙들려 있다. 그는 누이가 맏이인 자신이 살아가는 모습을 보면서 교훈을 얻었을지 모른다고 생각한다. 결국은 그것이 자신의 역할이니까. 척후병으로 걸어가는 것. 하지 말아야 할 일이 무엇인지 보여주는 것.

안뜰의 수호자인 우리는 그들의 부모와 똑같이 다급한 마음으로 그들을 살핀다. 부모는 이제 강가에 있는 다른 집에서 지낸다. 우리는 묵직한 나무 문이 삐걱거리는 소리, 자동차로 먼 길을 온 사람들의 한숨 소리, 사람들이 집안에서 꺼내오는 집기들의 소리를 알아듣는다. 우리는 그들이 저녁 식사 하는 모습을 바라보며 몇 세대를 거치며 유구히 이어져 온 그 장면을 음미하고, 누이가 가족을 찾아오면 보통 맏이도 머지않아 올 것임을 안다. 그들 둘은 계속 매우 친하게 지낸다. 누이는 맏이에게 서명해야 할 서류를 주고, 만기나 환불, 갱신할 일이 생기면 미리 알린다. 그녀는 맏이더러 밖에 나가서 친구를 사귀라고 부추기고, 맏이는 미소를 지으며 나는 아주 잘 지낸다고 대꾸한다. 우리는 그의 말을 믿는다. 그는 어디를 가든, 특히 이곳에 올 때, 어느 무덤에 대고 한 약속의 기억을 가져간다. 그는 흔적을 남긴다. 맏이는 강가에 몇 시간 동안 머무르곤 한다. 우리는 키가 큰 그가 전나무 아래에 서 있는 모습을 본다. 그는 잠자리와 소금쟁이들을 바라본다. 우리는 그의 영혼이 고통으로 옥죄어 있다는 사실을 알며, 그의 손이 아이의 머리가 쉬던 돌멩이들을 부드럽게 만지는 모습을 똑똑히 본다. 평온해진 무언가도 우리에게 느껴진다. 이따금 그는 우리의 그늘 아래에 쿠션들이 오랜 시간 놓여 있던 자리를 마주하고 꼼짝 않고 서 있으면서 다가오는 오후의 소리에 귀를 기울인다. 사촌들이 그곳에 와 있을 때면 그는 이야기에 끼어들고 과거를 떠올리며 웃는다. 사촌들에게도 아이들이 있다. 맏이는 아이들이 자신이 지닌 기억과 같은 기억을 만들어 가는 모습을 보는 것이 좋다. 그는 아이들이 방앗간 근처에 가지 못하게 하고, 세발자전거를 수리하고, 그들에게 물가에서 팔에 튜브를 차라고 시킨다. 맏이는 걱정하는 마음으로만 사랑할 수 있다. 그는 영원히 맏이다.

저녁에 안뜰을 마지막으로 청소하고 청석이 깔린 바닥과 수국에 물을 뿌리는 것은 언제나 변함없이 맏이다. 그는 다가와서 제 이마와 양손을 천천히 우리에게 댄다. 미지근한 벽에 기대어 눈을 감고 그렇게 서있다. 어느 날 저녁에 다섯 살 된 그의 조카딸이 그 모습을 보고 묻는다.

"삼촌, 뭐해요?"

맏이는 부드럽게 미소를 지으며 고개를 돌리지 않고 대답한다.

"숨을 쉬고 있는 거야."

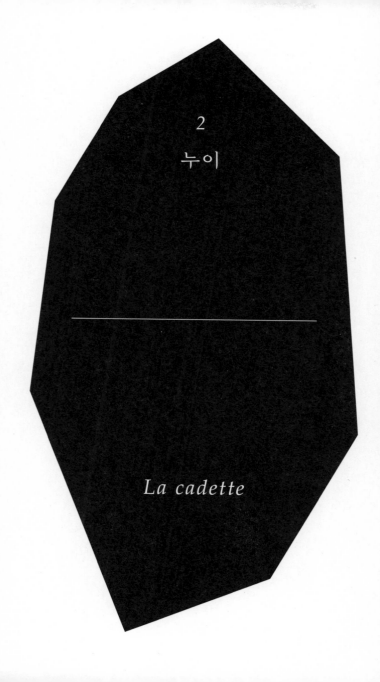

2

누이

La cadette

누이는 아이가 태어날 때부터 아이를 원망했다. 아주 정확히 말하면, 어머니가 오렌지를 아이의 눈앞에 들고 움직이며 아이가 앞을 보지 못한다고 결론을 내렸을 때부터였다. 누이는 안뜰로 난 제 방의 창문으로 오렌지의 선명한 색깔과 어머니가 쭈그려 앉는 모습을 보았다. 어머니가 노래하듯 말하는 부드럽고 가는 목소리가 들렸고, 뒤이어 아무 소리도 들리지 않았다. 누이는 매미가 화가 난 듯 날카롭게 우는 소리, 강물이 세차게 흐르는 소리, 바람에 흔들리는 나무가 숨죽여 웃는 소리를 기억했지만, 그 여름의 음악 가운데 어머니의 수그린 머리와 손에 들린 오렌지 하나만 남았다.

누이는 바로 그 순간이 단절의 순간임을 깨달았다. 다 끝나 버렸다. 아버지가 아무리 긍정적인 모습을 보이며 그들이 학교에서 점자 카드로 게임을 할 줄 아는 유일한 사람일 거라고 장담했지만, 그녀는 바보가 아니었다. 아버지의 눈에 드리운 그늘, 특히 그 미소, 눈은 무표정하게 먼 데를 쳐다보면서 입으로만 웃는 웃음이 똑똑히 보였다. 하지만 그녀의 오빠는 그 엄청난 거짓말을 고지식하게 믿었고, 점자로 된 타로 카드 세트를 학교에 자기가 먼저 가져가겠노라고 우기며 누이에게 단둘이 꼭 카드 게임을 하겠다고 약속했다. 그래서 누이는 그러겠노라고 했다.

그리고 그때부터 아이가 군림했다.

아이는 모든 힘을 빨아들였다. 부모와 맏이의 모든 힘을. 부모는 상황에 맞섰고, 맏이는 녹아들어버렸다. 그녀에게는 남은 것이 하나도 없었다. 그녀를 떠받쳐 줄 힘은 전혀 없었다.

아이는 자랄수록 누이에게 역겹게 느껴졌다. 누이는 기회가 있었더라도 그런 생각을 아무에게도 털어놓지 못했을 것이다. 면역 체계가 약하고 계속 누워 있는 아이는 걸핏하면 아팠다. 코를 훔쳐 주어야 했고, 스포이트로 약을 먹이고 눈에 안약을 넣어야 했고, 기침을 하면 머리를 수직으로 세워 주어야 했다. 음식을 먹이는 데에는 족히 한 시간이 걸렸다. 아이는 음식을 느리게 삼켰고, 벌어진 입으로 간간히 컵을 기울여 물을 조금씩 먹여 주면서 혹시 음식이 기도로 들어가지나 않을까 끊임없이 걱정했다. 아이의 피부는 너무도 연약해서 천의 스침, 석회질의 물, 햇볕, 강한 비누에 반응했다. 아이에게는 부드럽고 미지근하고 물렁물렁한 것, 갓난아이나 노인을 위한 것들이 필요했다. 그런데 아이는 둘 다 아니었다. 그는 탄생과 늙음 사이 어딘가에서 멈추어버린 그 둘 사이의 존재, 어떤 오류였다. 말하지 못하고 몸짓도 눈길도 없는 거추장스러운 존재. 그래서 무방비한 존재였다. 아이는 열려 있었다. 그런 취약함이 공포를 불러 일으켰다. 그리고 그 때문에 몸이 무절제하게 넘쳐흘러도 가만히 봐두었는데, 누이는 항상 상처 입는 그 몸을 견딜 수 없었다. 무엇보다 아이가 말벌에게라도 물린 듯 눈꺼풀에 붉고 작은 혹이 생기게 만드는 염증인 다래끼를 싫어했다. 끈적끈적한 안약, 특히 아이의 눈에 버터를 바른 것처럼 만드는 리파마이신은 더욱 싫었다. 맏이가 아이에게 약을 발라 주느라 아이의 눈꺼풀을 집게손가락으로 천천히 마사지할 때면 누이는 다른 방으로 갔다.

누이는 아이의 검은 눈이 싫었다. 너무 텅 비어 있어서 소름이 끼쳤다. 역한 냄새가 풍기는 듯한 그 숨결도 싫었다. 하얗고 뼈가 앙상하며 쩍 벌어진 무릎도 싫었다. 계속 누워 있느라 골반 관절도 경첩이 빠진 문처럼 망가졌다고 사람들이 누이에게 말해 주었다. 아이의 발은 땅을 한 번도 밟은 적이 없어서 발레리나의 발처럼 구부러져 자랄 거라고도 했다. 아무 몸도 지탱하지 않고 앞으로 걸어가지도 않는 그런 발이 대체 무슨 소용인가, 라고 누이는 생각했다.

사람들은 아이에게 안에 양털이 대어진 가죽 실내화를 신겼다. 아이에게는 그런 실내화가 여러 켤레 있었다. 누이는 그 실내화가 어딘가에 놓인 것을 보면 그 것이 먼저 죽은 뾰족뒤쥐로 보였다.

누이는 목욕하는 순간도 두려웠다. 벌거벗고 누워 있는 그 몸의 연약함을 참을 수 없었다. 흰 살갗 아래 로 갈비뼈가 앙상하게 튀어나와 있었고, 가슴은 가냘 팠고, 머리는 옆으로 구르듯 떨어졌으며, 계속 침을 흘 렸다. 맏이는 나직한 음조로 자기가 하는 몸짓을 설명 했다. 아이의 목덜미를 손으로 붙들고, 다른 손으로 는 아이의 몸을 구석구석 부드럽게 씻기고 미지근한 물을 부어 주었다. 누이는 욕조에 몸을 기울인 맏이 의 옆얼굴을 자세히 뜯어봤다. 두 사람의 모습이 놀랍 도록 비슷하다는 사실을 인정해야 했다. 볼록한 이마, 가는 코, 주걱턱. 맏이와 아이는 옆얼굴이 똑같았다. 또 양쪽으로 가늘고 긴 검은 눈, 숱이 많은 머리칼, 윤 곽이 선명한 기다란 입도 똑같았다. 욕실의 그녀 앞에 는 멋진 원본과 망친 복제품, 처량한 사본이 있었다.

그녀는 애틋한 마음을 전혀 못 느꼈다. 그녀의 눈 에 먼저 띄는 것은 영원한 아기로서 돌보아 주어야만 하는 아주 창백한 꼭두각시였다.

누이는 친구들을 집에 초대하는 일을 포기해야 했다. 집에 그런 사람이 있는데 어떻게 누구를 초대한다는 말인가? 그녀는 부끄러웠다. 언젠가 텔레비전에서 "평범한 것을 포기하라."라고 말하는 어떤 광고를 보았다. 그 문장에 반감이 들었다. 그녀는 조금 평범해질 수만 있다면 무엇이든 내주었을 것이다. 부모와 세 자녀, 산골에 있는 집에 사는 보통 사람들의 무리에 녹아들기 위해서라면 말이다. 누이는 콧노래를 흥얼거리는 아침나절, 자기에게 마음껏 시간을 내주는 오빠, 거실에 울려 퍼지는 음악, 금요일 저녁에 찾아오는 친구들을 꿈꾸었다. 아무런 짐이 없으면서도 그것이 특권이라는 사실을 제대로 깨닫지도 못하는 평범한 가족을 말이다.

어느 날, 우리는 누이가 안뜰을 가로지르는 모습을 보았다. 아이는 커다란 쿠션들 위에 누워 멍하니 있었다. 날은 따스했다. 구월의 어느 수요일이었다. 그런데 보통 아이들이 오후에 학교에 가지 않는 수요일이면 집은 숙제를 하러 온 친구들로 가득해야 하고,

그들은 숙제를 마친 다음에 우리가 보는 가운데 간식을 먹을 것이며, 이곳 아이들이 흔히 그러듯 우리들 위에 제 이름의 머리글자를 새겨 넣을 거라는 사실을 우리는 알았다. 하지만 누이에게 수요일은 외로움을 뜻했다. 그렇게 그녀는 쿠션을 피해서 안뜰을 가로질러 오래된 나무 문을 향해 갔다. 그러다가 갑자기 뒤돌아 아이에게 다가오더니 쿠션을 발로 찼다. 쿠션이 아주 조금 옆으로 밀렸다(정원에서 사용하는 쿠션 두 개로 이불이라고 불러도 좋을 만큼 크고 묵직했다). 아이는 눈도 깜빡하지 않았다. 하지만 누이는 확실히 발로 걷어찼다. 그녀는 겁에 질린 눈으로 집 쪽을 쳐다보더니 달려서 그 자리를 떴다. 우리는 누이를 심판하지 않는다 — 우리가 대체 누구라고 그러겠는가? 반면에 우리는 인간과 동물만 지녔으며 우리는 다행히도 지니지 않은 오래된 터무니없는 논리를 알아보았다. 살아 있는 존재가 충분히 살아 있지 않은 존재에게 벌을 주고 싶다는 듯, 연약함이 난폭함을 자아내는 논리 말이다.

누이의 마음속에 분노가 뿌리내렸다. 아이가 누이

를 고립시켰다. 아이는 그녀의 가족과 다른 사람들 사이에 보이지 않는 경계선을 그었다. 그녀는 끊임없이 어떤 불가사의에 부딪쳤다. 그토록 약한 존재가 그 어떤 초인적인 힘을 지녔기에 그렇게 엄청난 피해를 일으킬 수 있는 것일까? 아이는 소리 없이 파괴했다. 그는 자신의 다름을 당당히 과시했다. 누이는 순수함이 잔인할 수도 있다는 사실을 발견했다. 그녀는 아이가 끈질기게 따갑게 내리쬐어 땅을 바짝 말리고 소리 없이 엄청난 피해를 입히는 폭염과 비슷하다고 생각했다. 기본적인 자연법칙은 결코 용서를 구하지 않는 법이었다. 제멋대로 작용했고, 그 피해를 감당하는 것은 다른 이들의 몫이었다. 누이가 요약하자면, 아이는 부모의 기쁨을 앗아갔고, 자신의 어린 시절을 완전히 바꾸어 놓았으며, 맏이를 빼앗아 갔다.

누이는 맏이가 그토록 세심하게 주의를 기울이는 모습을 한 번도 본 적이 없었다. 그녀는 그러한 변화에 무척 놀랐다. 맏이가 무모하게 달려들고, 말하기를 거부하고, 조금 거만하게 구는 모습, 산의 높은 곳에서 샤촌들 무리를 이끌고, 집박쥐를 사냥하거나 강가에서 해초 싸움을 벌이는 모습을 기억했다. 멧돼지의 흔적을 좇고, 생양파를 우적우적 씹어 먹는 사람이 바로 맏이였다. 그녀는 그를 항상 두려워했고 무척 존경했다. 어디든지 그를 따라갔을 것이었다. 그런데 맏이는 이제 아이 때문에 누이인 자기가 성장하는 모습을 더이상 보지 않았고, 심지어 그녀가 팔에 튜브를 차지 않고 헤엄칠 수 있다는 사실조차 눈치채지 못했다. 예전의 그 오빠는 어디로 갔을까? 이제 그는 벽난로의 도관을 연구했다. 아이가 연기 때문에 질식해 죽을까봐 두려웠기 때문이다. 심지어 맏이의 걸음걸이조차 변했다. 여름날 더운 시각에 맏이가 안뜰로 나가서 쿠션을 그늘로 옮겨 아이가 누운 자리를 바꿀 때면, 누이는 그 쿠션 둥지로 온통 향해 있는 어떤 리듬에 맞추어 나아가는 이상하리만치 느리고 단호하고 유연한 오빠의 걸음걸이를 유심히 살폈다. 제 새끼를 향해 가는 짐승의 발걸음이었다. 도무지 용서할 수 없었다.

인내심을 요구하던 오빠 덕분에 그녀는 성격이 충분히 단련되어서 싸움에 나설 수 있었다. 누이는 자신의 영역을 표시하는 일부터 시작했다. 맏이가 아이의 손에 손가락을 집어넣고 책을 읽을 때면, 누이는 끼어들었다. 벽난로 불 가까이 다가갔고, 오디를 주워 오겠다고, 활을 만들겠다고, 너무 좁아서 걸어가던 두 사람이 마주쳐도 동시에 지나갈 수 없는 가축이 이동하는 길로 올라가겠다고 말했다. 그러면 맏이는 왜 그러는지 묻는 눈길로 선선히 그녀를 바라보았다. 그러면 그녀는 길을 나섰고, 대화를 시작했으며, 맏이에게 쏘아붙였다. 누이는 무리해서 끼어들려 했다. 하지만 맏이는 미안하다는 듯 온화한 미소를 지었고, 이는 완전히 배제한다는 뜻이나 마찬가지였다. 맏이는 다시 책으로 눈길을 돌렸다. 손가락은 버림당하는 것이 무엇인지 알지 못하는 아이의 주먹에 계속 끼워 넣은 채.

그로부터 누이는 그 전략이 통하지 않는다는 결론을 내렸다. "우리를 생각하고 나를 생각해 줘."라고 맏이에게 말할 수 있으리라는 희망은 포기해야 했다. 어떤 전쟁의 굴곡을 따라가듯 적응해야 했다. 그녀는 휴전과 공세를 배웠다.

휴전: 휴전은 중학교로 가면서 타는 버스 안에서 이루어졌다. 매일 아침, 누이와 맏이는 지방 도로 가장자리에 시멘트로 지은 버스 정류장에서 함께 버스를 기다렸다. 시간은 일렀다. 버스가 브레이크 마찰음을 내며 속도를 늦추면 누이는 안도했다. 1킬로미터를 갈 때마다 아이로부터 멀어질 것이었기 때문이다. 그녀는 맏이 옆에 앉아서 재잘거리며 이야기를 만들어냈다. 맏이는 버스 유리창 너머를 멍하니 쳐다보며 그녀의 말을 건성으로 들었다. 하지만 누이는 적어도 맏이를 독차지할 수 있었다. 가장 근사한 휴전은 어른들이 삼나무를 벤 날, 두 사람이 야생 아스파라거스를 찾으러 산의 높은 곳으로 떠난 아침이었다. 사람들은 두 아이를 찾느라 사방을 뒤졌다. 남매는 벌을 받았다. 하지만 그런 것은 전혀 중요하지 않았다. 누이는 맏이가 그 엄청나게 큰 나무가 떨어지는 것에 맞서 그녀를 보호하려 한다는 사실을 느꼈다. 예전처럼, 아버지가 그들을 안뜰에 불러 아이가 앞을 보지 못한다고 말한 날 저녁에 맏이가 그녀의 어깨에 손을 얹었을 때처럼 말이다. 자신의 어깨에 얹힌 맏이의 손, 그가 자

신을 감싸는 그 순간이 당시에 누이에게는 당연하게 느껴졌다. 그때 그녀는 맏이를 잃을 거라고는 상상도 하지 못했다.

공세: 맏이가 누이 없이 보내는 모든 순간. 특히 맏이가 아이를 급류 가까이에 눕혀 놓을 때였다. 누이는 맏이가 아이를 바짝 끌어안고 풀이 돋은 오르막길을 주저하는 걸음으로 떠나는 모습을 보았다. 장소는 변함이 없었다. 그녀는 맏이가 폭포 두 개 사이에 물이 고요한 곳의 전나무 아래에 아이를 눕힐 것을 알았다. 누이는 기어코 그 순간의 고요함을 깨뜨리러 그곳에 나타났다. 물을 첨벙이며 걸었고, 자갈로 피라미드를 쌓았고, 소금쟁이를 잡았다. 소리를 지르고, 과장해서 기쁜 척을 했다. 그녀는 제자리를 되찾으려 하며 두 사람에게 자기 존재를 일깨웠다. 이따금 맏이는 사진기를 꺼내 누이와 아이를, 누이는 서 있고 아이는 누워 있는 모습을 사진으로 찍었지만, 그녀가 물에 발목을 담그고 있는 독사진은 한 번도 찍지 않았다. 누이는 제 존재를 분명히 드러내려고 단호한 눈길로 사진기를 똑바로 쳐다보았다.

그것만으로는 충분하지 않았다.

그녀는 한때 오빠를 완전히 잃지 않으려면 맏이가 아이를 사랑하듯 아이를 사랑하도록 노력해야 할지 모른다고 생각했다. 그녀는 커다란 쿠션들을 안뜰에 가져다 놓았지만, 그 몸짓에서 그녀가 잔뜩 긴장하고 있음이 느껴졌다. 그녀가 쿠션 하나를 성급하게 잡아당기는 바람에 쿠션이 찢어졌다. 하얀 스티로폼 구슬이 무수히 떨어져 청석 돌판 바닥을 뒤덮었다. 그녀는 투덜거리며 그것들을 주웠다. 맏이는 아무 말 없이 그저 비슷한 쿠션을 한 개 더 사야겠다고 생각하며 장볼 목록에 적었다. 누이는 계속 노력했다. 야채 퓌레와 데파킨Depakine의 복용량에 관심을 가지려 했고, 아이는 듣기밖에 못했기에 소리에도 관심을 가졌다. 그녀도 아이의 귀에 대고 잎사귀를 비벼 바스락거렸고, 자기가 보는 것을 묘사하려 시도했다. 단어들이 제대로 떠오르지 않았다. 그녀는 제 모습이 우스꽝스럽다고 생각했다. 참을성을 잃고 한숨을 쉬었다. 누이는 아이를 잡아 흔들며 이제 모두 지치기 시작했으니 쇼는 그만하고 일어나라고 윽박지르고 싶었다.

누이는 한 점에서 다른 점으로 이동하는 검은 눈을 따라가 보려 했다. 하지만 그런 실명 상태가 그녀에게는 더없이 불안했다. 그 떠도는 눈길이 싫었다. 가끔 아이의 눈은 지나가다 누이의 눈과 마주쳤다. 그러면 그녀는 거북한 느낌에 사로잡혔다. 그런 순간은 아주 잠깐 지속되었다. 그랬다가 아이의 눈은 다시 느릿한 궤적을 따라가기 시작했고, 그녀는 그 눈이 신체적으로 볼 줄 모르고 기능하지 못한다는 사실을 잘 알았지만, 그 눈이 자기 눈을 마주친 순간에 그 눈길에서 다음과 같은 막연한 위협을 읽지 않을 수 없었다. 너 자신의 느낌을 경계하도록 해. 나는 내가 너에게 혐오감을 준다는 사실을 알지만, 내게는 잘못이 하나도 없고 우리는 한 핏줄이야.

누이는 제 뺨을 아이에 뺨에 대어 보기도 했다. 정말이지 그 피부는 파르스름한 젖빛을 떠었고 보드라웠다. 하지만 누이는 금세 몸이 저려왔고, 아이의 입에서 나는 냄새, 퓌레 냄새, 삶은 야채 냄새가 싫었다. 아이의 기저귀는 말할 것도 없이 싫었으며 그것을 갈아야 할 때 그 일을 할 생각은 추호도 없었다.

그녀는 맏이를 불렀다. 맏이는 와서 기저귀를 갈았다. 맏이가 아이에게 몸을 수그려 너무 부드러워서 끈적거릴 지경인 목소리로 말하며 벌어진 양 발목을 부드럽게 붙들고 엉덩이를 들어 깨끗한 기저귀를 밀어 넣는 모습을 보고 있노라면, 항상 어느 순간에 이르러 그녀는 맏이가 아이로부터 시선을 돌려 자기를 바라보며 그녀와 단둘이 강가에 앉아 있자고 제안하기를 온힘을 다해서 바랐다.

이따금 그녀는 상황이 그렇게 된 바에야 반응하지 않는 아이를 데리고 놀자고 생각했다. 그래서 고무줄과 화장품, 레이스 깃과 머리띠를 가져왔다. 안뜰에서 덱 체어 옆에 책상다리를 하고 앉아 아이의 뺨에 동그라미 두 개를 그렸고, 눈썹연필로 눈썹을 그렸고, 눈꺼풀에 아이섀도를 발랐다. 또는 아이의 덥수룩한 머리카락을 땋았다. 아이는 놀라지도, 저항하지도 않았다. 뺨에 붓을 대고 문지를 때면 얼굴을 살짝 찡그렸고, 자기가 잘 모르는 무언가가 제 머리를 덮을 때면 눈썹을 잠깐 치켜 올렸다. 그러다 보면 결국 맏이가 화난 얼굴로 불쑥 나타나서 누이에게 호통을 치지는 않았지만 아이의 목에 이마를 파묻고 아이를 들어 올렸다. 아이는 맏이의 품안에서 깃털처럼 가벼워 보였다. 그 일을 누이는 할 줄 몰랐다.

　딱 한 번 누이는 아이를 들었다. 그녀는 거실에 놓인 덱 체어로 다가갔다. 한껏 용기를 내서 양손을 아이의 겨드랑이에 집어넣고 아이를 들었다. 그런데 아이의 목덜미가 아무것도 지탱하지 못한다는 사실을 깜빡 잊었다. 아이의 머리가 뒤로 쳐져 목 끝에서 달랑거렸다. 누이는 겁에 질려 손을 놓았다. 아이가 풀썩 떨어졌다. 아이의 머리는 덱 체어의 천에 부딪쳐 튕겨 올랐다가 빙글 돌아 가슴으로 수그러졌다. 아이의 상반신은 옆으로 돌아가다 멈췄다. 아이는 불편해서 울었다. 그때 맏이가 단 한 번 화를 냈다. 그는 아이가 장딴지를 허공에 뻗고 이마를 앞으로 수그린 채 탈구된 꼭두각시처럼 널브러져 있는 모습을 보고 분노를 터뜨렸다. 하지만 누이를 탓하지는 않았다. 그는 무심하다며 호통을 쳤다. 어떻게 아무도 아이를 제대로 눕힐 생각을 하지 않을 수 있다는 말인가? 아이는 부적응한 존재니까 목이 저렇게 삐딱하게 놓인 채로 아무렇게나 두어야 한다는 말인가? 부모는 부드럽게 맏이를 달랬다. 맏이가 그토록 걱정하는 마음은 이해하지만 무슨 문제가 생긴 것도 아니고 아이도 더 이상 신음하지 않았다. 새 운동복 바지를 사 왔는데 지금 입혀 보면 어떨까? 부모도 누이를 탓하지 않았다.

분노는 누이로 하여금 곧은 자세를 유지하게 만들었다. 그녀는 고고한 꼿꼿함이었다. 서 있는 사람들의 힘이었다. 누워 있는 사람들은 그럴 권리가 없었다. 그녀는 분노 때문에 주머니 속에서 두 주먹을 꼭 쥐었고, 잠들기 전에 신랄하고도 위안이 되는 의례로서 자기 베개를 잇달아 치며 말없이 반항했다. 바람이 성난 호랑이처럼 매섭게 불고 폭풍우가 다가오며 산이 악랄한 기쁨으로 전율할 때면, 누이는 마음이 차분해졌다. 진회색 하늘을 올려다보며 풀밭을 가로지르는 긴장의 냄새를 들이마셨다. 그녀에게는 강물이 기뻐서 요란하게 몰아치는 것처럼 보였다. 누이는 천둥과 비를 기다렸다. 그러면 마침내 자신이 이해받는다고 느겼기 때문이다.

　누이는 항상 인상을 찌푸리고 다녔고 부모가 질문을 던져도 고집스레 침묵을 지키며 반발했기 때문에, 부모는 누이를 심리 상담사에게 데리고 갔다. 상담소는 도시 초입에 있었다. 상업 단지의 주차장에 차를 주차해야 했다. 누이는 처음에 그곳의 어마어마한 규모에 공격을 당하는 것처럼 느꼈다. 그랬다가 긴장을 풀었다. 네온사인 글자가 번쩍이는 간판들, 공장처럼 큰 규모의 상점들, 부르릉거리며 끊임없이 오가는 자동차들은 마치 폭풍우가 그랬듯 그녀를 진정시켰다. 모든 것이 지나치게 컸고, 그러한 거대함은 그녀를 가라앉혔다. 누이는 상담소가 무언가 과도한 모습을 띠고 자신의 마음에 와닿을 만한 무언가를 지녔기를 바랐으나, 실상은 당연히 그와 정반대였다. 누이는 대기실의 미지근한 포근함이 싫었다. 보육기 안에 들어가는 느낌이었다. 양탄자, 푹신푹신한 안락의자들, 아로마 오일 디퓨저, 전원 풍경을 그린 그림들, 모든 것이 그녀를 공격했다.

남자 심리 상담사는 젊었고 목소리가 부드러웠으며 눈에서는 호기심이 느껴졌다. 누이가 그에게 어깨를 으쓱이며 답할 뿐이었으므로, 그는 누이 앞에 종이 한 장과 색연필들을 내놓았다. 그녀는 자기가 만 열두 살이고 더 이상 초등학생이 아니라고 말하려 했으나, 대기실에서 기다리고 있는 어머니를 떠올렸다. 그래서 색연필을 들었다.

6개월 동안 그는 누이한테 그림을 그리게 했다. 누이는 막판에 더 이상 무엇을 그려야 할지 몰라서 심이 부러질 만큼 색연필을 힘껏 눌러 종이 전체를 색칠했다.

두 번째 남자 상담사는 도시 바깥에 있는 어느 마을에 살았다. 차로 한 시간을 가야 했다. 3개월 동안 그는 누이가 학교 식당의 메뉴를 읊는 소리를 들으며 진지하게 고개를 끄덕였다.

세 번째 여자 상담사는 더 가까운 마을에 살았다. 그녀의 진료소는 자기 말고도 일반의, 치과 의사, 물리치료사가 한 명씩 있는 의료원 안에 있었다. 그곳의 대기실은 플라스틱 의자만 놓여 있어서 단출했다. 여러

문이 자주 열렸고, 이름들이 불렸고, 사람들이 일어
났다. 어떤 사람은 부목을 대고 있기도 했다. 여자 상
담사는 머리를 느슨하게 한데 틀어 올렸는데 나이를
짐작할 수 없었다. 그녀는 어머니를 누이와 함께 보자
고 했다. 그녀는 어머니에게 질문을 던졌다. 자녀들에
게 모유를 먹였나, 저녁에 늦게 들어오나, 남편을 사랑
하는가, 자기 어머니를 사랑하는가? '결함이 있는 양
육 관계'가 세대에 걸쳐 전달된다는 사실을 알고 있는
가? 어머니가 최선을 다하려는 초등학생처럼 앉은 자
리에서 움츠러드는 모습을 보자 누이는 수직으로 곧
추서는 힘으로 작용하는 분노가 솟아오름을 느꼈다.
가끔은 딸이 어머니를 보호해야 하는 법이다. 딸이 제
손을 붙들고 자리에서 일어났을 때 어머니는 저항하
지 않았다. 상담사는 두 사람 뒤를 따라 문까지 왔다.
상담사의 신발 뒤축이 내는 소리가 노새의 발굽 소
리 같았다. 그녀는 "아니 어째서."라고 말했다. 누이
는 "상담 한 번 받아 보세요."라고 내뱉었다. 두 사람
은 자동차로 돌아와서 깔깔대고 웃었다. 어머니는 운
전대에 엎드려 눈을 훔쳤다. 누이는 어머니가 우는 것

인지 궁금했다. 몸을 기울여 어머니를 꼭 끌어안았고, 두 사람은 그렇게 변속 레버 위에서 서로에게 달라붙어 한참을 머물러 있었다.

어느 날, 도시에 사는 어머니의 여자 친구들이 어머니를 보러 왔다. 아이는 평소처럼 그늘 진 안뜰에 놓인 커다란 쿠션들 위에 누워 있었다. 분위기는 평화로웠지만, 우리처럼 오래된 수호자들은 드러나지 않는 긴장을 식별해낼 줄 아는 법이다. 어머니는 아주 자연스럽게 마실 것을 대접했다. 친구들은 아이를 힐끔거리며 쳐다봤다. 우리는 그들이 불편해한다는 사실을 느낄 수 있었다. 그들은 망설이다 결국 질문을 던졌다. 아이의 팔다리가 마비되었는가? 통증을 느끼는가? 누가 아이에게 말하면 이해하는가? 아이의 '질병'(이 단어를 사용했다)을 예측할 수는 없었나? 어머니는 음료수가 담긴 병을 내려놓고 참을성 있게 대답했다. 아니, 아이의 척추는 절단되지 않았고 아무런 손상도 없다. 단지 아이의 뇌가 정보를 전달하지 못한다. 아이는 아무런 고통도 안 느끼고, 울음이나 웃음으로 제 의사를 표현할 수 있다. 또 들을 수도 있다. 그러니까 아이가 앞을 못 보느냐고? 그렇다. 아이는 말하지도 못할 것이고, 일어설 수도 없을 거냐고? 그렇다. 초음파 검사로는 아무것도 알 수 없었나? 없었다. 자궁 내에서 어떤 질병에 걸렸거나, 아니면 너한테 무슨 병이 있었나? 아니다. 염색체 이상으로 인한 유전적인 기형이고, 예측할 수도, 치료할 수도 없이 아무에게나 생길 수 있다.

그 순간에 누이는, 자신이 그렇게 기품 있게 행동할 수 없으리라는 사실을 알았기에 어머니의 태도를 저주했다. 우리는 누이의 마음속에서 울리는 굉음, 끔찍한 죄책감의 소리를 들을 수 있었다. 그녀는 이렇게 생각했다. 내 안에는 단순한 말로 표현되는 저런 상냥한 너그러움이 흔적조차 없다. 신뢰하는 일은 위험한데, 어머니는 그 위험을 무릅쓴다. 어머니는 두려움 없이 마음을 활짝 열고 말한다. 나는 그렇게 할 줄 모른다. 나에게는 산에 사는 여자들만이 지닌, 암석과 가루로 만들어지고 몇 세기에 걸쳐 굳게 다져진 그런 자세가 없다. 체념한 듯 보이는 모습은 속임수에 불과한,

도자기 발로 굳건히 서 있는 여자들. 이곳의 돌들을 닮은 여자들. 그들이 부서지기 쉽다고 믿지만('편암 *schiste*'이라는 단어의 어원이 '쪼갤 수 있음'을 뜻하지 않던가?), 사실 그들보다 더 굳건한 존재는 없다. 왜냐하면 그들은 운명을 약삭빠르게 대하기 때문이다. 그들은 운명에 도전하지 않는 지혜를 지녔다. 그들은 몸을 굽히지만, 그 뒤에서 적응한다. 위안 받을 자원을 비축해 두고, 저항을 조직하고, 에너지를 아끼고, 고통을 좌절시킨다. **맞서지** 않고 **함께**한다. 나는 그렇게 할 줄 모른다. 누이인 나는 끊임없이 대적한다. 몸으로 부딪치고, 운명에 맞서 반항하며 소리를 지르고, 서로 맞서는 힘들이 불공평하다는 사실을 인정하지 않는다. 나는 패배하고 말 테지만 그 사실을 고집스레 거부한다. 나 자체가 거부다. 나는 이곳의 여왕들에 속하지 않는다.

누이는 자리에서 일어나 중세 문을 통과해 멀어져 산으로 올라갔다. 운동화가 돌 위에서 미끄러졌지만 계속 걸었다. 정강이에 붉은 줄이 하나 그어졌다. 그녀는 가축이 이동하는 오솔길을 따라 걷다가 무성한 고사리 위에 앉았다. 저 멀리에 촌부를 따라 죽은 벚나무 세 그루의 줄기가 보였다. 그것들은 수풀 사이에 우두커니 서 있었다. 누이 주위에서 균형은 완벽했다. 여름비를 맞은 돌이 반들거렸다. 땅에서는 어떤 냄새, 물을 잔뜩 머금은 땅 냄새, 신선한 나무뿌리 냄새가 올라왔다. 그런데 뿌리는 나무와 늪, 잎사귀들, 멀리에서 들려오는 양의 목에 달린 종소리와 조화를 이루었다. 그곳에는 독자적인 조화로움이 있었는데, 그것은 견디기 힘들었다. 누이는 마음속에서 부당하다는 깊은 느낌이 생겨남을 느꼈다. 그 자연은 어린아이 같아서 잔인하리만치 무심했다. 아무것도, 누이들의 고뇌조차 듣지 못하는 그런 무감각한 아름다움을 지닌 자연은 그녀가 사라진 이후에도 계속 엄연히 살아갈 것이다. 기본적인 자연법칙은 결코 용서를 구하지 않는다. 누이는 자리에서 일어나 돌멩이를 하나 집어들고 어린 상록참나무 하나를 끈질기게 짓이겼다. 그 가지들은 유연해서 마치 자신을 방어하듯 여러 번 누이의 얼굴로 튕겨 올라왔다. 민소매 옷을 입은 그녀의 양팔에 생채기가 났다. 그녀는 가지와 잎들로 된 양탄

자만 남을 때까지 돌멩이로 계속 내리쳤다. 땀방울이
흘러내려 눈이 따끔거렸다.

그녀는 산에서 내려오면서 장작 저장고를 마주보
는 차양 아래 누워 있는 길 잃은 개 한 마리를 마주쳤
다. 개의 자세가 이상했다. 머리를 비스듬히 눕히고 네
다리는 나무토막처럼 잘린 듯 한쪽으로 던져놓은 채
자고 있었다. 더위에 지쳤어도 행복할 개였지만, 누이
는 그 자리에서 걸음을 우뚝 멈추고 아이의 다름이 전
염성이라고 생각했다. 그녀 주변의 존재들이 탈구되
듯 와해되고 있었다. 머지않아 온 세상이 약해지고 뒤
엎어질 것이었다. 언젠가는 그녀 자신도 잠에서 깨었
을 때 목덜미에 힘이 없고 무릎이 묵직해질 것이었다.
그녀는 공포에 사로잡혀 달렸다. 강을 따라 과수원까
지 뛰어 내려가다가 바닥에 떨어진 사과를 밟고 넘어
졌고 몸을 일으켰다. 그녀는 물속에 들어갔다. 운동화
때문에 미끄러지지 않았다. 더 멀리 들어갔다. 물에
그림자가 져 있었고, 소금쟁이가 지나가자 검은 수면
에 잔물결이 일었다. 그녀는 반바지를 입고 있었지만
수천 개의 핀이 종아리와 허벅지, 엉덩이를 찌르듯 따

끔거렸다. 물이 정강이의 상처를, 팔의 긁힌 생채기를, 땀에 흠뻑 젖은 민소매 티셔츠를, 축축하고 얇은 흙으로 뒤덮인 살갗을 씻어 주었다. 그녀의 가슴은 지나치게 빠르게 오르락내리락했다. 그녀는 몸을 떨었다. 추워서인지 슬퍼서인지는 그녀도 몰랐다. 누이의 마음속에 심장을 꿰뚫는 단어 몇 개로 이루어진 질문 하나가 깊은 구렁처럼 열렸다. "누가 나를 도와 줄 것인가?" 강물이 그녀를 묵직하게 만들어 온몸이 그 구렁에 떨어지지 않도록 붙들었다. 그녀는 양팔을 벌렸고, 손가락이 물 밖으로 나와 잔잔한 수면을 흐렸다. 그렇게 양팔을 꼿꼿이 벌린 채 벌벌 떨며 가만히 있었다. 그 순간에 누군가 그녀의 모습을 보았다면 겁이 났을 것이다. 어린 소녀가 옷을 다 입은 채 허리까지 강물에 몸을 담그고 숨을 헐떡이면서 머리는 온통 헝클어진 채 십자 모양으로 서 있는 모습을 보았다면 말이다. 그녀는 숨을 가라앉히려 애썼다. 소리에 집중하려고 눈을 감았다—그때 그녀는 자신이 아이와 똑같이 한다는 사실을 몰랐다. 오후의 평온함이 그녀를 뒤덮었다. 이내 새가 지저귀는 소리, 폭포 소리가 들려왔다.

누이는 주위에서 여름 햇살에 잠긴 거대한 산을 느꼈다. 오로지 곤충들만 윙윙거리며 식물이 햇볕에 이글이글 타오르는 것을 즐겼다. 잠자리 한 마리가 그녀의 귀를 스쳤다. 모든 것이 제자리를 되찾고 있었다. 산은 그저 누이의 발작이 끝나기만 기다렸다. 산은 수천 년 전부터 인간이 잠잠해지기를 기다렸다. 누이는 자기가 성격 나쁜 여자애라고 느꼈다. 눈을 뜨고 고개를 들었다. 물푸레나무 가지들이 지붕을 이루고 있었다.

누이의 마음을 가볍게 만든 유일한 사람은 그녀의 할머니였다. 할머니는 예전에 같은 마을에 살다가 은퇴한 이후로 도시에서 살았다. 할머니는 자기가 '도시 체질'이라고 말했다. 항상 새빨간 립스틱을 발랐고, 굽이 낮은 신발을 신었으며, 갈색 머리를 복잡한 모양으로 틀어 올렸고, 팔찌를 여러 개 찼고, 추운 계절에도 반드시 앞이 트인 얄팍한 가운을 입고 잤으며, 성탄절 저녁에는 새틴 원피스를 입었다. 하지만 아무도 속아 넘어가지 않았다. 그녀는 여지없는 세벤 지방 여자였다. 일단 모든 문제를 해결해 줄 것처럼 생각되는 주문인 "충실, 인내, 신중함"이라는 말을 자신도 모르게 반복했기 때문이다. 또 전쟁 때 저항군으로 활동했기 때문인데, 할머니는 딱 한 번을 빼고는 그 이야기를 절대로 하지 않았다. 그때 할머니는 손녀에게 돌로 된 다리를 떠받치는 벽에 파인 굴을 보여 주었다. 그러려고 과수원으로 내려갔다가 다리 아래까지 강을 조금 거슬러 올라가야 했다. 그곳에 이르자 돌로 된 벽 속에 그늘진 굴의 입구가 보였다. 그 속에 여러 가족이 몸을 숨겼다. 사람들이 강가에서 그곳까지 기어 올라갔고, 나이 든 사람들은 들어 올렸다. 검고 깊은 굴속에서는 엎드려서 팔로 기어갔다. 아이들이 항상 먼저 지나갔다.

끝으로, 할머니는 슬쩍 쳐다만 봐도 모과나무와 자두나무를 구별했고, 대나무 산울타리를 심을 줄 알았으며(할머니는 과수원 안쪽에 그런 산울타리를 만들었는데 계곡 사람들이 깜짝 놀랐다), 야생초로 요리할 줄 알았기 때문이다. 비틀린 나무줄기 앞에서 그녀는 "이건 불행한 나무야."라고 말했다. 할머니는 심지어 바람의 근원을 구별하고 바람이 태어나는 정확한 장소를 알

왔다. "이 녀석은 가시가 돋쳤으니 루에르그^{Rouergue}야. 아베롱^{Aveyron} 주에서 오는데, 끈적거리고 협심증을 일으키지. 이제 오후에 커피 마실 시간이 지나면 안개비가 내릴 거야."라고 그녀는 말했다. 그러면 커피 마실 시간에 안개비가 내렸다. 할머니의 귀는 너무도 밝아서 할미새의 울음소리를 구별할 뿐 아니라 그 새의 나이까지 알아냈다. 누이는 할머니가 공작부인으로 변장한 마녀라고 생각했다.

여름 방학이면 할머니는 마을의 첫 번째 집에 머물렀다. 아이들은 안뜰을 가로질러 길을 따라 조금만 걸으면 그 집에 갈 수 있었다. 할머니는 옛날에 작은 마을에서 살던 식으로 그 집에서 독립적으로 지내면서도 가족과 가깝게 오갔다. 테라스는 나무로 된 난간으로 에워싸여 있었다. 그곳에서 강의 급류가 내려다보였다. 강 건너편에는 적갈색 빛을 띤 산이 깎아지른 절벽을 이루며 서 있었고, 테라스의 난간에서 손을 내밀면 산에 손이 닿을 듯했다. 테라스를 떠받치는 벽과 산 사이의 좁은 통로에서 강물이 흐르며 내는 소리는 양쪽이 가로막혀서 폭발하며 위로 솟구쳐 올라 메아리로 증폭되었다. 누이는 암벽이 긁히는 듯하고 거품이 잔뜩 부딪치며 굉음을 내는 그 장소를 좋아했다. 그녀는 남동생을 쿠션들 위에 눕히는 닫힌 공간인 안뜰보다 그 테라스를 더 좋아했다.

바로 그곳에서 할머니는 등나무로 된 의자에 앉아서 누이에게 몸을 구부리며 손에 나무로 된 요요를 쥐어 주며 이렇게 말했다.

"다리에 숨어 있던 아이들한테 똑같은 것을 줬단다. 살다 보면 역경이 있지만 항상 치고 올라오는 법이거든."

할머니 곁에 있으면 빼앗긴 오빠도, 빼앗아 가는 남동생도 없었다.

두 사람은 며칠 동안 오후 내내 집안에 함께 틀어박혀 있으면서 오렌지 와플(할머니가 무척 좋아하는 포르투갈 디저트)과 양파 튀김, 딱총나무 열매 잼을 만들었다. 또 두 사람은 숨 막히게 뜨거운 증기로 막 쪄낸 뜨거운 알밤의 껍질을 벗겼다. 그런 다음에 구리로 된

냄비에 바닐라 설탕과 알밤을 넣고 달콤한 냄새가 풍기도록 익혀 보드랍게 녹였다. 할머니는 두 사람이 만든 잼들을 시장에 가져다 팔아서 그 돈으로 네일 숍에서 같이 '근사한 매니큐어'를 받자고 말했다. 할머니는 벽도, 문도 없는 양잠장이라 불리는 커다란 건물 안에서 누에치기를 하며 보낸 어린 시절을 이야기했다. 그 안은 더웠다. 잎과 애벌레들을 그곳에 놓아두고 애벌레가 누에고치를 잣는 순간을 호시탐탐 기다렸다. "고치는 나의 지옥"이었다고 할머니는 말했다. 그것들을 가만히 떼어서 애벌레가 나비가 되기 전에 뜨거운 물에 데쳐야 했다. 누이는 감탄하며 애벌레 수십만 마리가 뽕나무 잎 수십만 장을 갉아먹는 소리를 상상하려 했다. 그러면 할머니는 이렇게 말했다.

"생각하려 하지 마라. 세상이 발달하면서 그런 소리는 사라져버리니까."

가끔 할머니는 누이를 자동차에 태워 어느 특별한 나무가 있는 산의 높은 곳까지 데리고 갔다. 암석 위에서 자라나 도로와 수직을 이루며 꼿꼿이 서 있는 삼나무였다. 그런 일은 원래 불가능했다. 그 어떤 나무도 돌 속에 뿌리를 뻗을 수는 없으니까. 하지만 그 나무는 고니의 목처럼 우아하게 하늘을 향해 뻗어 있었다. 할머니는 자동차를 멈추고 운전대 위로 몸을 기울여 고개를 들고 가느다란 나무줄기를 올려다보며 말했다.

"저 녀석은 살고 싶은 거야."

그리고 덧붙였다.

"너처럼."

그런 다음에 할머니는 계속 차를 몰아 더 높이 올라가 웅장한 풍광이 내려다보이는 곳으로 갔다. 거대한 산 두 개 사이로 좁은 계곡이 나 있었다. 반짝임으로 물이 흐름을 짐작할 수 있었고, 뒤이어 어머니의 겨드랑이에 품긴 아이처럼 산 주름에 자리 잡은 마을이 보였다. 그렇지만 할머니는 아래를 내려다보지 않고 언제나 더 높이 있는 어느 마을을 가리켜보였다. 바로 자신의 마을, 자기가 태어난 마을로서 절벽 가장자리에 위치해서 거의 다가갈 수도 없는 적갈색 돌멩이 더미였다.

할머니는 말했다.

"저 마을은 허공 가까이에서 자라났단다."

누이는 생각했다.

'나처럼.'

집으로 돌아오는 길에 두 사람은 말이 없었다. 누이는 유리창을 내리고 팔을 창밖으로 내놓았다. 할머니는 집중해서 운전했다. 자동차 모터가 내는 기계음만 울렸는데, 그 소리는 급한 굽잇길 직전에만 조금 변했다가 내리막길에서 다시 평소의 숨소리를 되찾았다. 그러다가 마을에 들어서기 전에 마지막 굽잇길을 돌며 할머니는 질문을 던지기 시작했다. 그녀는 도로에서 눈을 떼지 않고 불쑥 물었다.

"작은 살무사 혀가 돋은 솔방울은 어느 나무 것이니?"

누이는 창을 계속 쳐다보며 간단히 답했다.

"미송이요."

"나는 어린 물푸레나무 줄기야. 내 껍질이 어떠니?"

"매끈하고 회색이에요."

"내 잎사귀는 종려나무 모양인데 가운데에 잎맥이 없어……."

"은행나무."

"내 껍질을 두루마리처럼 벗겨서 습진 약으로 쓴다. 나는 누구니?"

"너도밤나무요."

"아니."

"참나무."

"그래."

할머니는 말이 별로 없었다. 과묵한 사람이 자주 그러듯 그녀는 행동으로 말했다. 도시에서 꽤 좋은 워크맨을, 뒤이어 최신 유행하는 운동화를 가져왔다. 또 누이의 나이 때 보는 잡지를 누이의 이름으로 정기 구독해 주었다. 누이를 가까운 읍에 있는 영화관에 데리고 가서 새로 개봉한 영화를 보여 주었고, 그래서 그녀는 학교에서 쉬는 시간에 "나도 〈로맨싱 스톤^{Romancing the Stone}〉을 봤어."라고 말할 수 있었다. 누이는 모던 토

킹^{Modern Talking}(독일의 전자 음악 그룹 ─ 옮긴이)에 관해 세세한 사항까지 말할 수 있었고, 세비뇽^{Chevignon} 맨투맨 티셔츠를 입었으며, 유행하는 터블 액체 풍선껌^{Tubble Gum}을 씹었다. 할머니는 누이를 다른 아이들만큼 끌어올려 주었다. 할머니는 누이에게 일종의 정상적임을 제공해 주었다. 그로부터 시간이 오래 흘러 어른이 된 누이는 친구에게 이렇게 말할 것이었다.

"어떤 아이가 아프면, 항상 다른 아이들도 잘 살펴야 해."

그리고 제 자신에게 말하듯 이렇게 덧붙일 것이었다.

"왜냐하면 건강한 애들은 아무 소리도 내지 않고 자기한테 주어지는 뾰족한 삶의 윤곽에 적응하고, 아무것도 요구하지 않으면서 고통의 모양새에 제 몸을 맞추니까. 그 애들은 파도라면 질색이지만 거부한다면 적절하지 못할 테니 어쩔 수 없이 등대를 지키는 존재일 거야. 어떤 의무감이 그들을 이끌어. 그들은 캄캄한 밤중에 바다를 살피며 그곳에서 버티면서, 춥지도 않고 두려워하지도 않으려고 나름대로 애쓰겠지.

하지만 춥지도 두렵지도 않은 건 정상이 아니야. 그들에게 다가가야 해.”

누이는 할머니 곁에 있으면 더 이상 분노를 느끼지 않았다. 그래도 할머니는 아이를 보살폈다. 독수리 같은 눈으로 맏이가 지닌 애착과 부모의 슬픔을 간파했다. 그녀는 행동으로 그들을 도왔다. 매일 아이를 위해서 사과나 모과로 퓌레를 만들었다. 자신이 머무는 집에서 나와 도로를 따라 걸어와 안뜰을 가로질렀다. 할머니는 ‘아이’가 저녁 식사로 먹을 퓌레가 담긴 그릇을 부엌의 탁자 위에 놓아두었다. 아침에 어머니가 시간이 없으면, 할머니가 차로 아이를 탁아소에 데려다주거나 데리러 갔다. 할머니가 아이를 안아 올릴 때 팔찌들이 맞부딪치며 금속성의 소리를 냈다. 할머니는 아이를 서투르지만 단단히 안았다. 아이는 자세가 조금 틀어졌지만 아무 말도 하지 않았다. 그녀는 타고난 성격 때문에 좀처럼 아이에게 말을 걸지 않았지만, 가끔 퓌레 그릇 옆에 새 양말이나 탈지면 봉지, 생리식염수 병을 놓아두었다. 그런 물건이 떨어졌는지 할머니가 어떻게 알았는지는 아무도 알 수 없었다. 그저 그녀는 알고 있었다. 누이는 질투하지 않았다. 반대로 할머니가 아이에게 신경을 써서 누이가 느끼는 죄책감이 가벼워졌다.

몇 달이 지나면서 누이는 자기 삶에서 아이를 지우고 완전히 무시하기 시작했다. 그녀는 부모가 밖에서 하루 종일 행정적인 일을 처리하고 돌아온 날이면 그들의 찌푸린 얼굴에서 눈길을 돌렸다. 그녀는 못 보는 척했다. 부모를 도와주겠다고 한 번도 말하지 않았고, 아이가 수녀들이 운영하는 수백 킬로미터 떨어진 초원에 있는 어느 특수 시설로 떠날 거라고 부모가 말했을 때에도 감정을 드러내지 않았다. 누이는 제 옆에 앉아 있는 오빠의 마음이 후비듯 아플 거라는 사실을 짐작했다. 그녀는 제 앞에 놓인 접시로 고개를 수그린 채 토마토와 샐러드를 차근차근 나누어 놓는 편을 택했다. 누이는 그날 저녁에 할머니한테 전화해도 되는지 물었다. 그녀의 친구 노에미가 프랑수아 미테랑 François Mitterrand 이 케빈 코스트너 Kevin Costner 보다 더 잘생겼

다고 주장했는데, 그 일에 대해서 할머니와 반드시 이
야기를 나누어야 했기 때문이다.

아이가 초원으로 떠나고 나자 누이는 숨을 돌렸
다. 아이와 더불어 혐오, 분노, 죄책감이라는 거추장
스러운 느낌들이 사라졌다. 아이는 누이의 영혼의 어
두운 측면을 함께 가져갔다. 누이는 더 이상 아프지
않을 것이었다. 그녀는 심지어 맏이가 자신에게 되돌
아오기를 감히 바랐다. 물론 처음에 맏이는 증발해버
렸지만. 증발해버렸다는 말이 걸음걸이에서마저 깊이
를 알 수 없는 슬픔이 느껴지는 맏이의 희미해진 실루
엣을 묘사하기 위해 그녀가 찾아낸 유일한 표현이었
다. 맏이는 창백했고 그 눈길은 공허했다. 힘이 없어
보였다. 그는 아이를 닮아 있었다.

누이는 삶으로 돌아섰다. 친구들을 잔뜩 사귀었
고, 생일잔치와 파자마 파티를 전전했으며(하지만 결
코 자기 집으로 친구들을 초대하지는 않았다), 스포츠 활동
을 여러 가지 했고, 영국의 주간지 《OK!》에 실린 기
사에 대해 이야기를 나누었고, 할머니와 편지를 주고

받았고, 할머니가 오기 전에 준비를 도맡았다. 누이는 할머니가 오기 전에 싸늘한 집안을 점검하고, 불을 피우고, 침대에 침구를 갖추어 놓고, 테라스에 물을 뿌려 청소하기를 좋아했다. 할머니가 그곳에 도착하면 누이는 할머니를 꼭 끌어안지 않았고 입을 맞추지도 않았지만, 할머니의 집에서 아예 살다시피 했다. 그 집의 구석구석을 알았다. 이가 빠진 컵 하나, 수도꼭지를 돌릴 때 나는 소리, 부엌에 감도는 바닐라 설탕과 비누 냄새. 할머니는 거실을 개조해 부엌을 텄는데, 그녀가 보기에 그런 구조는 더없이 현대적이었다. 자기 어머니가 부엌에 틀어박혀 있던 모습을 너무 많이 보았기 때문이다. 흰색과 연한 나무색으로 된 부엌이 벽난로와 거실이 있는 널찍한 공간의 벽을 따라 나 있었다. 할머니는 친구들을 자주 그곳에 불렀다. 누이는 오래된 목걸이의 부드럽게 빛나는 진주알처럼 소파에 줄줄이 앉은 마르트와 로즈, 자닌 같은 할머니들과 함께 커피를 마셨다. 그들은 우아하게 커피 잔을 놓았고, 말하는 도중에 간간히 오랜 공백을 두었다. 그 이유는 단순했다. 상대방이 자신의 말을 이해했으므로 말을 이을 필요가 없었기 때문이다. 그래서 대화는 황량하면서도 매혹적이었다. 수수께끼로 가득한 조각난 어떤 이야기가 그려졌다("속이 빈 다리 속에서 셴켈 가족이 말이지…….", "내가 완전히 실수한 날 관개 수로가…….", "맞아! 그 사람이 약속하기를…….", "내가 누에고치에 손을 데었을 때……."). 무시무시한 일화들, 팔월에 열린 연회, 바람둥이 약혼자들의 이야기가 이어졌다. 이따금 그들은 키득대며 웃었다—왜 웃는지 누이는 이해하지 못했다. 목에서 나오는 거칠다고까지 할 웃음으로서 그들의 고상한 외모와 전혀 어울리지 않았다. 그랬다가 그들은 구멍이 숭숭 뚫린 대화를 다시 이어갔다. "미냐르그^{Mignargue} 무도회, 최고였지…….", "그 사람 손가락을 찾느라 사방을 다 뒤졌는데, 결혼반지가 끼인 채…… 박혀서…….", "막대처럼 뻣뻣한게 독일사람 얼굴……." 그들은 고개를 끄덕였고, 미소를 지었고, 공백들 사이사이 한숨을 쉬거나 감탄사를 던졌다. 그들은 너무나 강렬한 감정을 함께 체험했기 때문에 그 공통의 받침돌이 언어 역할을 했다.

누이는 그들 한가운데에 있으면서 아이와 맏이를

잊어버리곤 했다. 그곳에서 그녀는 제 나이를 잊었다. 조각조각 주어지는 그 여자들의 기억을 재구성해내려 했다. 날이 저물면 어머니가 거실로 고개를 내밀며 마르트나 로즈, 자닌에게 인사했다.

"엄마, 시간이 늦었어요. 제 딸 좀 데려 갈게요. 저녁 먹을 시간이에요."

누이는 마지못해 자리에서 일어났다. 맏이를 마주 보고 앉을 생각을 하면 마음이 묵직해졌다. 그녀는 맏이를 피하는 법을 배웠다. 예전처럼 그에게 가까이 다가가면 극심한 괴로움이 되살아났고, 그와 헤어진 슬픔의 정도가 여실히 드러났기 때문이다. 맏이에게 다가서면 이제껏 꿋꿋하게 버텨오던 것이 단번에 무너졌다. 그것은 곧 바닥에 쓰러져 죽음을 뜻했다. 부당하게 죽음, 모든 것을 바꾸어버린 그 아이 때문에 죽음을 말이다.

그래서 그녀는 오빠에게 점점 말을 덜 걸었다.

하지만 어떻게든 그를 마주치려 했다. 욕실에서 나오면서 머리카락이 아직 축축할 때, 중학교에 가는 버스를 기다리면서 고등학교로 가는 학교 버스의 유리창 너머로 오빠를 보았다(그녀는 버스의 앞쪽에 앉아서 앞을 똑바로 바라보는 오빠의 옆모습을 살펴보는 것이 좋았다). 그녀는 가끔 탁자 끄트머리에 맏이가 두고 간 안경을 보았다. 또 맏이가 과수원에서 그녀에게 등진 채, 자신이 왜 거기에 와 있는지 모르듯 멍하니 서 있는 모습을 보았다. 누이는 맏이가 아이와 함께한 추억을 되새기는 것이 틀림없다고 짐작했다. 맏이는 덱 체어를 가져와 그 과수원에서 아이와 함께 오랜 시간을 보냈으니까. 그녀에게 속하지 않는, 그녀 없는 시간을 말이다.

누이는 받아들였다. 받아들이는 것은 배제당한다고 느끼는 것보다 덜 고통스러웠다. 그녀에게는 자기 없이 행복한 맏이보다는, 차라리 고통에 빠져 있는 맏이가 나았다. 더 이상 웃지 않았으나 그녀에게서 벗어나 있지 않은 맏이. 오빠는 영영 잃었을지 몰라도, 최소한 그 유령만은 되찾은 것이다.

눈물 없이 얻어낸 그 상태 그대로 몇 개월이 흘렀다. 부모는 여름 방학 때 아이를 데려오려고 초원으로 올라갔다. 아이가 집에 오면 누이는 그에게 다가가지 않았다. 그녀는 바빴다. 계속 할머니나 친구의 집에 가 있었는데, 친구들한테는 아이의 존재를 숨겼다. 누이의 말을 들자면 그녀에게는 오빠 한 명만 있었고, 아무도 초대하지 않는 이유는 집에서 공사를 하기 때문이었다.

중학교에서 누이는 공부를 열심히 하지 않았다. 교사들은 그녀가 산만하다고 불평했다. 그들은 걱정스럽다고 말했다. 열다섯 살도 안 된 아이가 그렇게 분노로 가득 차 있을 수는 없다고 했다. 누이는 프랑스어 교사가 니체가 한 말인 "우리를 죽이지 않는 것은 우리를 더 강하게 만든다."에 대해 학생들에게 설명해 보라고 요구하자 교사에게 소리를 질렀다. 그녀는 그 말이 가증스럽다고 생각했다. 깜짝 놀란 교사에게 누이는 이렇게 설명했다.

"그 말은 거짓이에요. 우리를 죽이지 않는 것은 우리를 더 약하게 만들어요. 그건 정말이지 삶이라고는 하나도 모르는 사람이 하는 말이에요. 죄의식을 느끼게 하고, 그래서 고통을 미화하죠."

그 말을 그녀가 마치 전쟁을 선포하듯 너무나 공격적으로 독살스럽게 말했기에 그녀의 부모는 학교에 불려갔다. 누이의 마음속에서 복수하려는 충동이 점점 더 강하게 울렸다. 무언가가 그녀에게 폐허 속에서 사느니 차라리 폐허를 만들라고 속삭였다. 그녀가 미용실에서 머리 절반을 삭발하고 집에 왔을 때, 그 머리 모양이 독특하다고 말한 사람은 할머니뿐이었다. 부모는 누이를 기진맥진한 눈으로 바라보았다. 맏이는 아무것도 눈치채지 못했다.

그녀는 안뜰도, 벽도, 우리도 전혀 신경 쓰지 않았다. 멈추어 서지 않고 그 공간을 가로질렀다. 그녀는 확고하고 신경질적인 걸음으로 지나갔다. 그녀가 우리에게 주의를 기울인다면, 그것은 누군가를 때리려고 우리를 빼내기 위해서였을 것이다. 우리는 몸에 전기를 띠게 만드는 그 나쁜 기운을 잘 안다. 우리는 그 안뜰에서 폭력을 참으로 많이 목격했다. 바로 그런 기운이 그녀에게서, 우리의 소중한 여동생에게서 뿜어져 나왔다. 돌이킬 수 없는 일, 돌이킬 수 없는 일을 하려는 갈망 말이다. 그녀는 파괴와 대답 없는 외침을 꿈꾸었다. 유월이 되자마자 그녀는 눈가에 검게 화장을 하고 걸핏하면 싸울 기세로 마을의 댄스파티 장소 근처를 서성였다. 그것은 테니스장이나 청소년 사회 시설, 캠핑카 주차장 근처의 광장, 즉 지대가 충분히 평평하고 넓어서 음향 장치와 무대, 간이 바를 설치할 수 있는 장소에서 열리는 작은 축제였다. 누이는 플라스틱 컵으로 상그리아^{sangria}(적포도주에 과일 조각, 향신료 등을 담가 먹는 음료―옮긴이)를 많이 마셨고, 큰 소리로 말했다. 초롱불을 보면 불을 지르고 싶어졌다. 그녀는 친구들과 함께 자리를 잡고서 다른 골짜기에서 모터바이크를 타고 온 다른 그룹들을 호시탐탐 살폈다. 댄스파티에서는 이름을 묻기 전에 "어디에서 왔니?"라고 물었다. 그러면 사람들은 "나는 발본^{Valbonne}에서 왔어.", "몽다르디에^{Montdardier} 출신이야."라고 답했고, 그때마다 누이는 그런 확신에 감탄했다. 그녀는 특정한 골짜기에 있는 특정한 마을 출신이었지만 뭐라고 답해야 할지 몰랐기 때문이다. 누이는 자신이 아무 곳에도 속하지 않는다고 느꼈다. 그래서 질문에 답하지 않왔다. 그녀는 남들을 자극하고 못되게 굴며 시비를 걸었다. 한번은 소리를 질러도 잘 들리지 않는 음향기기 뒤쪽에서 싸움을 벌였다. 술에 취한 남자애 하나가 넌덜머리를 내며 그녀를 밀쳐 땅에 넘어뜨렸다. 그녀는 모래와 자갈 맛을 느꼈는데, 그것을 그때 마침 댄스 무대에서 울려 퍼지며 사람들을 열광시킨 노래 〈I Drove All Night〉를 부르는 신디 로퍼Cyndi Lauper의 목소리와 연결 지었다. 누이는 그 와중에 이가 하나 빠졌다. 스피커 소리로 진동하는 무대 뒤에서 비틀거리며 입을 움켜쥔 채 축제 장소에서 멀어졌다. 아버지가 자동차로 그녀를 데리러 왔다. 그는 항상 그녀를 데리러 왔다. 데리러 왔을 때 누이는 자주 구토를 하고 있었고 화장으로 시커먼 눈물이 눈에서 흘렀다. 이번에 아버지는 한마디도 없이 일회용 티슈 봉지를 내밀었다. 그는 입을 꾹 다문 채 운전했다.

누이는 고등학교에 들어갔다. 그곳에서도 식당에서, 뒤이어 쉬는 시간에 싸웠다. 어느 교사가 잔소리를 하자 그녀는 자기 책상을 뒤엎었다. 누이는 학교에서 퇴학을 당했다. 부모는 그 학년도에 딸을 받아 줄 학교를 찾지 못했다. 그녀를 받아 준 유일한 학교는 비쌌고 멀었다. 그들은 그곳에 딸을 등록시켰다. 누이는 아침에 일하러 가는 어머니와 함께 일찍 출발해야 했다. 자동차 뒷좌석의 아이를 위한 특수 좌석 위에는 방울 두 묶음을 든 미소 짓는 곰이 달린 모빌이 하나 걸려 있었다. 그 방울들은 차가 방향을 바꿀 때마다 딸랑거렸다. 누이는 그 소리가 무척 싫었다.

어느 날 아침, 아이는 이례적으로 집에 와 있었다. 아이가 열이 났는데, 초원 위의 집에 있는 다른 아이들이 감염되면 안 되었기 때문이다. 부모는 아이가 열이 떨어질 때까지 데리고 있었다. 어머니는 미리 휴가를 얻었다. 그래서 차로 누이를 고등학교에 데려다 줄 때 아이를 같이 태웠다. 누이는 앞좌석에 앉아서 아이를 쳐다보지 않으려 했다. 어머니가 라디오를 켰고 음악이 차 안에 울려 퍼지자 아이가 기분이 좋아서 한숨을 내쉬는 소리가 들렸다.

그렇게 차로 가는 도중에 아이가 신음하기 시작했다. 두툼한 파카를 입히고 특수 좌석에 앉혔더니 몸이 너무 조였기 때문이다. 어머니는 차를 갓길에 댄 다음, 안전벨트를 풀고 밖으로 나가 뒷좌석의 문을 열었다. 이른 아침의 너른 하늘, 이슬과 축축한 아스팔트 냄새, 새가 지저귀는 소리가 차 안으로 들어왔다. 산 정상의 시커먼 윤곽이 장밋빛 하늘에서 도드라졌다. 하지만 누이는 밤이 더 좋았다. 어머니가 아이에게 가만히 말하며 특수 좌석의 띠를 푸는 소리가 들렸다. 띠를 느슨하게 조절해야 했다. 그러기 위해서 어머니는 아이를 좌석에서 들어 올렸는데 아이를 어디에 내려놓아야 할지 몰랐다. 아이는 이제 제법 무거워져서 어머니가 엉덩이를 한 손으로 받치고 다른 손으로 좌석의 띠를 조절하려는 동안에 어머니의 손에서 계속 미끄러져 내려갔다. 누이는 도와주겠다고 말하지 않았다. 고집스레 앉아서 앞에 펼쳐진 보랏빛 증기로 둘러싸인 산 정상만 뚫어지게 바라보았다. 어머니는 결국 차의 뒤쪽으로 돌아가 뒷좌석의 반대편 문을 열고 아이를 좌석에 뉘인 다음에 아이의 의자를 조절하러 다시 돌아갔다. 어머니는 딸에게 아무것도 부탁하지 않았다. 어머니가 다시 운전석에 앉았을 때, 그 이마에는 땀이 송골송골 맺혀 있었다. 그녀는 라디오의 볼륨을 높였다.

누이는 권투 수업을 찾아냈다. 그 수업에 가려면 자전거를 타고 지방 도로를 지나가야 했는데, 그 일은 위험했고 그래서 좋았다. 언제나 세심하게 신경을 쓰는 할머니가 그녀에게 권투 장비를 사 주었다. 누이는 안전모를 쓰고 반짝이는 반바지 차림으로 테라스 위에서 다리를 사용하는 프랑스식 권투 시범을 보이며 낮은 샤세chassé bas, 카운터블로, 염소 도약, 휘둘러 차기(누이는 본의 아니게 아이가 먹을 퓌레가 담긴 그릇을 깨뜨렸다) 기술 따위의 명칭을 열거했다. 그녀는 급류 소리보다 더 크게 말하려고 목에 힘을 주었다. 기진맥진할 때까지 계속했다. 할머니는 등나무 의자에 앉아서 오페라를 관람하듯 박수를 쳤다.

두 사람은 적어도 일주일에 한 번 벽난로 앞에 앉아서 포르투갈을 다룬 책 한 권을 뒤적였다. 할머니가 평생 가 본 유일한 외국이었다. 신혼여행 때였다. 할머니는 그 여행 이야기를 손녀에게 끊임없이 했고, 매번 결국 첫 페이지에 포르투갈 지도가 실린 오래된 사진첩을 꺼내 오곤 했다. 할머니는 매니큐어를 칠한 손톱으로 지도의 남쪽 끄트머리 뾰족한 부분을 가리켰다. 그러면서 "카라파테이라."라고 중얼거렸다. 바로 그곳, 대서양을 마주보며 등에 업힌 그 하얀색 마을에서 버스가 고장 나서 멈추었다. 할머니는 바다가 울부짖던 소리, 바람이 너무 심하게 불어서 나무가 누워 자라며 복종하는 뜻으로 제 줄기를 땅에 흘리던 모습, 나지막한 집들, 말리려고 벽에 못으로 박아 둔 문어들을 이야기했다. 할머니는 그곳에서 달콤한 음식 조리법들을 가져와서 50년 전부터 만들어 왔는데, 누이가 더없이 좋아하는 오렌지 와플도 그중 하나였다. 누이는 '카라파테이라'라는 단어가 무척 마음에 들었다. 리파마이신보다 듣기 좋았다. 그녀는 그 이름이 적힌 문신을 하나 갖기를 꿈꾸었다.

어느 날 오후에 마르트와 로즈, 자닌이 차를 마시고 있는데, 누이는 어떤 확신이 들었다. 저 여자들 안에는 평화가 자리 잡고 있었다. 누이는 어떤 비밀을 발견한 것 같았다. 그래서 거의 놀라움에 가까운 느낌을 받았다. 매사가 순조롭던 시절에 맏이와 함께 한참 찾아 헤매던 가재들을 우연히 발견한 때 같았다 — 강바닥에서 자갈들 사이로 움직이던 불분명한 작고 검은 덩어리를 보았을 때, 남매는 강렬한 놀라움을 느끼며 전율했다. 그녀의 할머니는 토막 난 문장들을 말하고 눈꺼풀이 푸르스름한 자기 친구들에게 차를 따랐는데, 그 친구들은 머리카락의 절반을 밀고 눈을 시커멓게 화장한 여자애가 그 자리에 와 있어도 전혀 놀라지 않았다. 누이는 그 나이 든 부인들과 자신이 어떻게 다른지 느꼈다. 누이 자신은 온화함과 순응이 그렇게 뒤섞인 마음 상태를 잃어버렸다. 그녀는 식물과 식물인간의 세계에 살고 있었는데, 그 둘은 한데 섞여 나무들과 누워 있는 아이로 이루어진 세계가 되었다. 누이의 현재는 그것으로 축소되었다. 별안간 그녀는 자신이 자기 할머니보다 훨씬 더 늙은 것 같았다. 누이는 별로 놀라지도 않는 할머니들의 눈길을 받으며 불쑥 자리에서 일어났다. 워크맨의 이어폰을 귀에 꽂고 볼륨을 최대한 높이고 밖으로 나가 신디 로퍼의

〈I Drove All Night〉의 리듬에 맞추어 산을 발로 걸어차듯 걸었다.

　주말이면 누이는 아침 이른 시각에 어머니와 함께 집을 나서던 습관 때문에 아주 일찍 일어났다. 방바닥의 타일은 차가웠다. 그녀는 아이의 텅 빈 방 앞을 지나간 다음, 맏이의 꽉 찬 방 앞을 지나갔다. 그녀는 기다란 조끼를 걸치고 밖으로 나갔다. 서늘한 베일이 그녀의 얼굴에 와 닿았다. 땅에서는 하얀 증기가 연기처럼 피어올라 머물렀다. 누이에게는 기억들이 마치 그 땅을 닮아서 추억의 조각들이 스며 나왔다가 높이 올라가지 못하고 그 안개처럼 고여 있는 것 같았다. 오로지 급류가 내는 소리만 깨어나 있음을, 급히 내려가는 영원한 흐름이 존재함을 알려 주었다. 그녀 앞에서 산은 도로 가장자리에 주춧돌을 고정시킨 채 위쪽을 향해 허리를 활처럼 휘어 날아오를 준비를 하고 있었다. 누이는 다리 위에 서서 스웨터 위로 팔짱을 낀 채 공기를 들이마셨다. 그런 아침을 기꺼이 그녀와 함께 나누었을 맏이가 더 이상 가까이 없는 슬픔의 정도가 가늠이 되었다. 그녀는 산 자를 어떻게 애도할 수 있는지 스스로 물었다. 모든 것을 망가뜨린 아이에 대한 분노가 올라왔다. 거기에 혐오감이 섞인 미세한 연민이 뒤섞였다. 살짝 벌어진 아이의 입, 그 숨결, 불편하거나 기분이 좋아서 아이가 내는 신음 소리. 그랬다가 감당할 수 없이 아픈 마음이 모든 것을 짓눌러서 질문들을 지워버렸다. 누이는 다리 위에 서서 눈가를 훔쳤다.

"어째서 할머니 친구들, 마르타, 로즈, 자닌은 나를 판단하려 들지 않죠?"

"그들은 슬프니까. 사람은 슬프면 남을 판단하지 않아."

"말도 안 돼요. 슬프면서도 못된 사람이 얼마나 많은데요."

"그럼 그건 불행한 사람들이야. 하지만 그들은 슬프지는 않지."

"……"

"오렌지 와플 좀 더 먹어라."

나이 든 사람에게 생기기 마련인 일이 할머니에게 생겼다. 어느 날 아침을 먹을 시간에 할머니는 자기 집 부엌에서 언제나처럼 얇은 가운을 입은 채, 알밤과 바닐라 냄새가 진동하는 가운데 쓰러졌다. 그날 오전 끝 무렵에 그녀를 발견했다. 마르트나 로즈, 자닌 셋 중 한 사람이 할머니의 집에 들렀다. 할머니의 친구는 현관 입구의 타일 너머로 하얀 가루로 뒤덮이고 부서진 사기 설탕 그릇 조각들이 떨어져 있는 바닥 위에 놓인 손톱이 빨간 손을 보았다.

소방관들은 일찌감치 포기했다. 벌써 몇 시간 전에 돌아가셨다고 부모에게 말했다.

그것은 누이에게 세상의 종말이었다. 맏이에게 아이가 집에서 떠난 일과 같았다.

누이에게 그 사실을 알린 사람은 어머니였다. 그날 저녁에 중학교에서 집으로 가는 차 안에서 어머니는 누이의 반응을 두려워하면서 운전대를 꽉 부여잡은 채 똑바로 앞을 바라보며 말했다.

"할머니가 오늘 아침에 돌아가셨다."

누이는 자기 마음이 불러주는 대로 대꾸했다. "아

니."라고. 어머니는 놀라서 잘못 들은 줄 알았다. "아니라고?" 그래, 아니었다.

붕괴는 가끔 자신이 뒤덮고 있는 것과 정반대 모습을 취하기도 한다. 절망은 단단함으로 변한다. 바로 그런 일이 생겼다. 한바탕 때리고 싶은 마음, 충동, 부글거리는 분노, 누이의 마음을 세차게 두드리던 그 모든 물결이 순식간에 사라지고 그곳에 차가운 사막이 들어섰다. 그녀의 마음은 얼음 층으로 뒤덮였다. 그러한 완강함은 본능적으로 찾아왔다. 누이는 돌덩이가 되었다. 심장이 뽑혀져 나가서 그녀에게는 더 이상 심장이 없었고, 마음은 닫혀버렸다.

그녀는 걸음걸이가 변했다. 우리들은 그것을 단번에 알아보았다. 걸음은 이제 더 이상 성급하지도 떨리지도 않았고, 마치 군인의 걸음 같았다. 걸을 때 발을 절도 있게 단단히 내딛었고, 무릎은 더욱 뻣뻣했으며, 머리는 꼿꼿이 세웠다. 그녀는 정확하고 느릿하게 중세의 나무 문을 열었다. 심지어 머리칼을 넘기는 손짓마저 예전의 성급함을 잃어서 그 손은 마치 엄격한 계획을 따르는 것처럼 흘러내린 머리칼을 붙들어 귀 뒤로 확실히 넘겼다. 그녀의 몸짓에는 단호함, 의심과 감정에서 멀어진 무언가가 서려 있었다.

그녀의 변신은 아버지가 처음으로 흔들리는 모습을 보인 저녁에 확실히 드러났다. 감정이 지나치면 인내심이 소모되기 쉬운 법인가 보다. 아이가 태어난 뒤로 아버지는 온 집안을 떠받쳐 왔다. 그가 아들을 말없이 바라보다가 아들에게 씌울 털모자를 가지러 가는 모습을 우리는 여러 번 보았다. 하지만 대체로 그는 농담을 했고 긍정적인 모습을 보였다. 어느 성탄 저녁에 그는 아이의 양말 앞에 선물 꾸러미가 딱 한 개 놓인 것을 보고 이렇게 결론 내렸다.

"그래도 좋은 점은, 장애인 자식만큼 돈 안 드는 게 없다는 거야."

그 소리를 듣고 그의 아내는 웃음을 터뜨렸다.

아버지가 나무를 자를 때, 전기톱보다 도끼를 사용하기를 더 좋아한다는 사실을 주목한 사람은 누이뿐이었다. 그녀는 아버지가 장작 저장고 앞에서 자신도 잘 아는 투지에 전율하며 땀에 흠뻑 젖어 있는 모습을 우연히 보았다. 그는 두 팔을 번쩍 들었다가 거기에 온몸의 무게를 실어 도끼를 내리치며 딸꾹질과 흐느낌이 뒤섞인 끔찍한 소리를 냈는데, 그녀는 아버지가 그런 소리를 내는 것을 한 번도 들어 본 적이 없었다. 나무는 산산조각 나서 칼날처럼 공기를 가르며 사방으로 튀었다. 아버지는 세벤 지방의 남자들 특유의 마르고 탄탄한 몸을 지녔는데, 바로 그 순간에 그의 모습은 근육질의 거대한 피조물을 연상케 했다. 그는 나무에 박힌 도끼를 빼내어 손목을 부들부들 떨며 다시 수직으로 들어 올렸다.

누이는 아버지가 급류 가장자리에 난 가시덤불 언덕과 싸움을 벌이는 모습도 유심히 보았다. 그때도 그는 예초기를 놔두고 풀 베는 가위를 집어 들고서 마치 자연에게 벌을 주려는 듯 가위를 무서우리만큼 빠른 속도로 연신 벌렸다 오므렸다. 그때 그는, 누이를 댄스파티 장소에서 자동차로 집에 데려오는 길에서 그랬듯 눈길이 고정되어 있었고 턱은 잔뜩 경직되어 다물려 있었다.

저녁에 그는 다시 재미있어졌고, 양파 타르트와 멧돼지 스튜를 맛있게 만들어 식구들에게 내어오며 "이 지방에서는 실컷 먹어서 힘을 비축해 두어야 해."라고 말했고, 뒤이어 협동조합 정비 공사나 박물관으로 개조한 옛 방적 공장에 관한 소식을 전했다. 그러면 항상 누이는 마음 깊은 곳에서 막연한 걱정, 위험이 다가온다는 기분 나쁜 느낌이 들어서 앞에 있는 음식 접시를 벽으로 힘껏 집어 던지고 싶어졌다.

바로 그날 저녁에 어느 등산객이 오래된 방앗간 근처에 캠핑카를 주차해 두겠다고 말하자, 아버지는 화를 내며 그 남자의 멱살을 붙들어 나무를 팰 때 내던 성난 짐승이 으르렁거리는 소리를 내며 그를 도로로 힘껏 밀쳤는데, 그 모습에 누이는 놀라지 않았다. 그녀가 보기에 그 폭력은 전시 체제로 돌입해야 함을 뜻했다. 누이는 상황을 정리해 보았다. 아버지가 흥분해서 폭발하는 것을 보고도 맏이는 겨우 눈썹 하나만 꿈틀했다. 어머니는 자기 어머니의 죽음에 상심해 있느라 꿈쩍도 하지 않았다. 더욱이 그날 이후로 어머니가 더 이상 말을 하지 않았다는 사실을 누이는 깨달왔다. 등산객이 그대로 넘어가지는 않겠다고 으름장을 놓으면서 절뚝거리며 멀어질 때, 누이는 상황이 얼마나 참담한지 깨달았다. 그녀는 자기가 아이의 창백한 뺨에 아주 가까이 다가가서 아이에게 "너는 재앙이야."라고 말하는 모습을 떠올렸다가 이내 그 생각을 내몰았다. 혼돈에 혼돈을 더하는 일은 소용없었다. 더 이상 슬퍼할 때가 아니었다. 위험에 빠진 한 가족을 구조해야 할 때였다. 아버지는 폭력적이 되어 갔고, 어머니는 말이 점점 없어졌고, 맏이는 이미 유령이나 마찬가지였다. 맞서 싸워야 할 때였다. 누이의 마음 깊은 곳에서 칼로 벨 듯 싸늘한 어떤 힘이 솟아올랐다. 긴급 사태가 닥쳤을 때 생겨나는 힘이었고, 누이는 하늘이 산을 공격해 나무들의 뿌리를 뽑고 자동차를 뒤집고 생명을 앗아가는 일을 이미 경험했기에 그 힘을 알고 있었다. 그때 사람들이 무엇을 했던가? 나무들을 밧줄로 고정시키고, 물이 몰아쳐 흐르도록 제방을 모두 열었으며, 버팀벽을 세우기도 했다. 누이는 자기 가족을 떠받칠 버팀벽을 세울 것이었다.

그 일을 해내려면 전략을 세워야 했다. 누이는 질

문들과 찾아낸 해결책들을 적을 공책을 한 권 샀다.

질문 1: 맏이가 아이와 가까이 있을 때 더 잘 지내는가? 누이는 초원에 있는 집에서 아이를 더 자주 데려오자고 제안했다. 공책에 아이가 돌아오는 정확한 날짜들을 기록했고, 그에 맞추어 냉장고를 채워 놓았고, 방을 따뜻하게 덥혔고, 퓌레까지는 준비하지 못하더라도 요구르트가 담긴 병을 준비해 놓았다. 아이에 대한 애정 때문이 아니라, 맏이가 더 잘 지내도록 만들기 위해서였다. 그녀는 가족 재건을 위한 군대식 계획에 따라 행동했다. 효율성이 가장 중요했다.

질문 2: 맏이가 지나치게 고립되어 있는가? 누이는 맏이를 주의 깊게 살펴보며 그가 홀로 있는 시간을 기록했고, 그 시간이 자신이 정해 놓은 위험 수위를 넘으면 더할 나위 없는 핑계를 들어 맏이를 보러 갔다. 수학 문제를 이해하지 못하겠다는 핑계였는데, 자신이 이미 그 문제를 풀었다는 말은 절대로 하지 않았다.

질문 3: 맏이가 더 이상 맏이 역할을 하지 않는가? 본래 정해진 순서 따위는 상관없었다. 모든 것이 이미 오래전에 박살났다. 이제는 누이가 맏이를 보호하고 역할을 뒤바꿀 것이었다.

　질문 4: 그녀가 좋은 학생이면 부모가 마음을 놓을 것이고, 근심이 하나 줄어들까? 누이는 공부하기 시작했다. 그녀의 임무는 반 친구들을 제치고 1등이 되는 것이었다. 누이는 부모가 마음을 놓게 만들고 자신이 작성한 목록에서 문제 하나를 지웠다는 것 말고는 그 일에서 아무런 만족감도 못 느꼈다. 그녀는 임상적으로, 전투 중인 군인으로서 행동했다.

　우리는 안뜰에서 그녀가 단호한 손길로 의자를 끌어가고, 공책을 후려치듯 정원의 탁자에 놓고, 종이 위에 볼펜을 꾹꾹 눌러가며 기록하는 모습을 바라보았다. 맏이와 부모, 그리고 그 이전에 무수한 사람이 그랬듯, 그녀는 우리들이 보는 앞에서 적응했고, 우리는 그러한 모습을 볼 때마다 감탄했다. 삶이 혹독하게 몰아붙이는 사람들이 발달시키는 유연함, 매번 새로운 균형을 찾아내는 그들의 재능에 대하여 언젠가 사람들이 이야기할까? 시련을 겪으며 줄을 타는 곡예를 하게 된 사람들에 대하여 이야기할까?

누이는 전투를 벌이려고 불필요한 것들을 제거했다. 화장품은 정리해서 넣었고, 미용실은 아예 잊었다. 가족을 안정시키려면 뱃머리를 단단히 유지해야 했는데, 그녀는 뱃머리를 단단히 유지할 것이었다. 그것은 어떤 명령이었다. 그녀는 눈물에 집어삼켜진 상태로 무심해지는 법을 배웠다. 식사 시간에 태평한 척하는 법을 배웠고, 고등학교 운동장에서 귀머거리로 지내는 법을 배웠다. 그녀는 스스로 엄격한 규율을 정했다. 자신이 따를 시간표를 세밀하게 미리 짰다. 장을 보았고, 식사를 준비했고, 방앗간 옆에 빨래를 널었다. 어머니가 그 일들을 안 하게 함으로써 10분 또는 한 시간을 벌 수 있었고, 그 시간은 어머니가 다시 말하는 법을 배우도록 그녀와 대화를 나누는 데 쓰일 것이었다. 누이는 공책에 대화 주제들을 적었고, 어머니와 대화할 때나 식사 자리에서 말하려고 그것들을 외웠다. 이를 위해 그녀는 신문을 읽었고, 지역의 소식들을 기록했다가 그날 저녁에 바로 이야기했다. 그리고 가족이 반응하는지 관찰하고 그 반응을 기록했다. 해충이 먹어치운 포도나무, 셴겐 협정, 브루스 스프링

스틴^{Bruce Springsteen}이 그 지역에서 순회공연을 한다는 이야기, 아버지가 즐겨 보는 수사극 드라마인 〈판사와 경찰, 코르디에 부자^{Les Cordier, juge et flic}〉의 에피소드, 유월에 닥칠 폭염, 마을 입구에 지어질 관광 안내소 이야기……. 누이는 어머니를 마침내 놀라게 만든 주제들, 아버지가 한 말, 맏이가 짜증낸 사실을 기록했다. 누이는 더 이상 친구들에게 속내를 털어놓지 않았고, 저녁에 곧장 집으로 돌아왔으며, 초대를 받아도 가지 않았다.

처음에 친구들은 화를 냈다. 학교 교문 앞에서 오토바이들이 그녀 주위를 시끄럽게 돌았다. 누가 그녀의 가방을 훔쳐갔다. 사건은 정면 대결로 해결했고, 누이가 받은 권투 수업이 도움이 되었다. 싸운 상대는 코가 부러졌다. 부모는 다친 여자애의 가족에게 배상해서 문제를 해결하려고 여러 번 찾아가고 협상을 벌였다.

그런 다음에 누이는 조용히 지낼 수 있었다. 무척 사교적이던 그녀는 외톨이가 되었다. 자기 가족이 물에 빠져 죽는 상황을 막는다는 임무를 띤 외톨이. 그

때 만일 누군가 그녀에게 아름다운 사랑이 그녀를 기다리고 있으며, 그 사랑으로 그녀가 세운 장벽이 무너지고 삶을 사랑하게 될 거라고 말했다면 누이는 코웃음을 쳤을 테다. 하지만 그런 일이 벌어질 것이었다. 누이는 전적으로 신뢰하는 법을 가르쳐 줄 누군가를 만날 것이었지만, 그 당시에 기적 따위는 아직 전혀 알지 못했다.

누이는 가끔 할머니가 준 요요를 꺼냈다가 금방 제자리에 다시 넣었다. 그 어떤 나약함도 용납할 수 없었다. 그녀는 할머니의 집에 한 번도 돌아가지 않았고, 장례식이 끝난 다음에 사람들이 할머니의 가운을 가져가라고 제안했지만 거절했다. 그녀는 오렌지 와플 맛을 잊었다. 권투 수업에도 더 이상 가지 않았고, 할머니가 그녀 이름으로 구독해 준 잡지를 더 이상 펼치지도 않았다. 그녀는 그 무엇을 읽은 적도, 공유한 적도 없고, 기억도 관계도 지니지 않은 존재, 미래를 어떤 목적과 맞바꾼 존재가 되었다. 그녀는 두 주먹을 불끈 쥔 함장처럼 앞을 바라보았다. 기다리지 말고 버터야 했다.

몇 개월이 지났다. 누이는 빠르게 행동하고, 말을
아끼며, 어떤 마음인지 알 수 없는 수행력이 뛰어난 사
람이 되었다. 그나마 몇 명 남은 친구들을 잃었고, 그
에 대해 아무런 쓸쓸함도 느끼지 않았다. 예쁘장한 그
녀는 남자애들이 은근히 보내는 눈길을 무시했고, 무
리들을 경멸했으며, 다가오는 누구와도 싸늘하게 거
리를 두었다. 모든 것은 계산이었다. 맏이가 하루에
두 번 이상 미소를 지었는지, 아버지가 미친 사람처럼
장작 패는 일을 언제부터 멈추었는지, 어머니가 이번
주에 무슨 말을 했는지, 식사 시간에 어떤 눈길이 오
갔는지, 군 의회 선거라는 주제가 반응을 불러일으켰
는지, 학기말에 자신의 평균 점수는 얼마일지, 그녀는
가족 소생 회계 장부를 작성했다. 세상은 그녀가 공책
에 기록하는 숫자로 이루어진 대차 대조표가 되었다.
왼쪽 페이지에는 문제들의 목록을 적었다가 하나씩
지웠고, 오른쪽 페이지에는 다음 날 사용할 대화 주제
들을 적었다. 그녀는 베개 위에 공책을 펼쳐 놓은 채

잠들었다.

같은 시기에 맏이는 반대 움직임을 따르고 있었다. 그는 부드러워졌고, 마음을 조금 더 열었다. 아이가 방학 때 집에 돌아오면, 다시 다정하게 굴었고 아이에게 다가갔다. 심지어 아이의 머리도 잘라 주었다. 누이는 목적을 달성했다는 기쁨을 느꼈다 ─ 희망은 더 이상 없고 오로지 목표만 있었기 때문이다. 맏이는 긴장을 풀었고 기운을 되찾았고 미소를 지었는데, 그것이 아이와 함께 있을 때라는 사실은 별로 중요하지 않았다. 맏이는 누이더러 길게 자란 머리와 화장기 없는 얼굴이 보기 좋다고 말했다. 그녀는 이제 공책에서 지워도 좋을 줄을 떠올리며 안도의 한숨을 내쉬었다.

누이는 그 기회를 포착해서 돌파구를 더욱 넓혔다. 그녀는 맏이를 영화관에 데려가는 데 성공했다. 오빠에게는 말하지 않고 할머니와 함께 영화관에 다닐 때 앉던 자리는 피했다(항상 가장자리 좌석에 앉았는데, 할머니는 "도망쳐야 할 때 더 편리하니까."라고 말하곤 했다). 남매는 올해 유난히 큼직한 오디와 마을의 여자 미용사랑 함께 떠난 주유원에 대해 조금 이야기했고,

옛날에 학교에 다닐 때 추억 몇 가지를 떠올렸다. 아직은 소심했다.

영화는 지나치게 감상적이었고 더빙은 엉터리였다. 그런 사실은 누이에게 그다지 중요하지 않았다. 채색된 영상이 움직이며 빛나는 어슴푸레함 속에서 그녀는 갑자기 맏이가 아이로부터 치유되지 못하리라는 사실을 깨달았다. 치유되는 것은 곧 자신의 고통을 포기함을 뜻하는데, 아이는 바로 그 고통을 맏이의 마음속에 심어 놓았다. 치유되는 것은 곧 흔적을 잃는 것, 아이를 영영 잃음을 뜻했다. 누이는 이제 관계가 서로 다른 형태를 띨 수 있음을 알고 있었다. 전쟁은 어떤 관계다. 슬픔도 그렇다.

어느 날 저녁, 누이는 맏이한테 모터바이크로 자기를 학교에서 집으로 데려다 달라고 부탁했다. 붉고 구깃구깃한 가을밤이었다. 그로부터 며칠 전에 엄청난 폭우가 미친 듯한 바람에 실려 세벤 지방을 덮쳤다. 할머니라면 틀림없이 그 강도를 예견할 수 있었을 것이다. 강의 수위가 몇 미터나 높아져서 나무와 자동차들이 휩쓸렸고, 두 사람이 물에 떠내려가 실종되었다. 강물은 산 위쪽에 있는 캠핑장을 모조리 파괴했고, 산비탈에 길게 낸 밭들과 보관해 둔 장작, 온실, 심어 놓은 양파를 휩쓸어 갔다. 마을에서는 강둑에 위치한 가게들의 유리창이 강물 때문에 산산조각이 났다. 여자 약사는 주사기가 물에 둥둥 떠다닌다고 말했고, 정육점에는 작동하는 기계가 하나도 없었다. 또 상인들은, 물이 자기 가게 안으로 들이쳤을 때 집으로 통하는 계단으로 달려 올라가거나 뒷문으로 간신히 빠져나갈 수 있었다고 말했다.

밤에 누이와 맏이는 그 잔해의 가장자리를 따라갔다. 나무들은 누워 있었고, 그 가지는 진흙투성이였다. 허공에 드러난 나무뿌리는 왠지 외설스러워 보였다. 강바닥은 하늘에서 불쑥 내려온 두 손이 강기슭을 벌리고 판판하게 만들려고 작정이라도 한 듯 몇 미터 더 넓어져 있었다. 강가에는 이제 나무줄기도, 바위도 없이 너른 모래밭뿐이었다. 모터바이크의 짐대에 앉은 누이는 젖은 흙 냄새가 나는 덩어리, 선사시대 동물의 울음이나 그림자가 스치는 소리, 원시 숲의 속삭임 같은 이상한 소리를 내며 울리는 움직이는 거대한 무언가를 가르며 나아가는 듯한 느낌을 받았다. 누이는 맏이의 허리를 너무 꽉 잡지 않으려고 신경 썼다. 맏이는 신중하게 운전했다. 그들은 말하지 않았다. 누이는 자신이 맏이를 영영 잃은 것은 아닌지 스스로 물었다. 하지만 그런 일을 누가 결정한다는 말인가? 그녀는 주어진 대로 받아들일 것이었다. 상실은 이제 친한 친구였다. 남매는 폭풍우가 파괴한 다리 앞을 지나갔다. 난간의 일부가 휩쓸려가서 뻥 뚫린 활 모양을 그렸다. 식인귀가 다리를 베어 물어 둥근 이빨 자국을 남긴 것 같았다. 바로 그곳, 그 물어뜯긴 다리를 지난 직후에, 그녀의 마음속에서 자신이 떠날 거라는 확신이 싹텄다.

그다음 여름 방학에 아이가 집에 돌아왔을 때, 그는 더 자라 있었다. 누운 자세 때문에 입천장이 비대해졌고, 그래서 치아가 아무렇게나 자라고 잇몸이 부었다. 이제는 아이의 장애가 확연히 드러났다. 하지만 누이는 자신이 그 어떤 혐오감도 느끼지 않아서 스스로 놀랐다. 그녀는 여느 때처럼 여름 내내 아이를 피해 다녔지만, 맏이가 아이와 다시 관계를 회복하는 모습을 관찰했다. 그녀는 두려움도, 시기심도 느끼지 않았다. 예전처럼 제 존재를 부각하려고 애쓰지도 않았다. 저녁이면 대화가 이어졌고, 맏이는 어떤 뉴스에 대한 제 견해를 말하거나 아버지에게 양파 수확에 관해 말을 걸었다. 누이는 맏이를 자세히 뜯어보았다. 닮은 모습에 다시 한 번 놀랐다. 맏이는, 성장한 아이였다.

맏이는 잠시 여행을 떠났다가 어느 날 아침에 돌아와서 커피향이 풍기는 거실에 불쑥 들어서더니 배낭을 내려놓고 아이를 보러 계단으로 올라갔다. 그는 방에 들어가서 나오지 않았다. 누이는 소용돌이 장식이 있는 침대에 기울인 몸, 기다림을 짐작할 수 있었다. 그 이후로 맏이는 행복해 보였다. 공책에서 지울 한 줄. 맏이는 다시 아이를 씻겼고, 아이를 강가의 전나무 아래에 눕혔다. 누이는 그들을 멀리에서 살폈다. 그녀는 전장을 통제하는 장군처럼 행동했다. 맏이가 어떤 수건 위에서 꾸벅꾸벅 졸았는지, 누워 있는 아이의 뺨을 쓰다듬으려고 몇 번이나 고개를 들었는지, 물통은 챙겼는지, 전나무 줄기 속에 말벌집이 없는지 확인했는지. 모든 것이 제대로 되어 있었다. 오빠는 괜찮아 보였다. 누이는 공책을 펼쳤다. 한 줄을 지웠다. 그녀는 가족이 회복된다는 제 임무를 거의 다 이루었다. 또 자신이 너무나 딱딱해져서 감정이 더 이상 표현될 수 없으리라는 생각도 했다.

그러한 두려움은 장례식 때 사실이 아니었음이 드러났다.

누이는 조용한 작은 무리에 둘러싸여 무덤을 향해 산을 오르면서 서서히 몸이 경직되는 것을 느꼈다. 추위, 추위였다. 추위가 그녀의 몸을 뒤덮고 팔다리를 마비시키고 가슴을 틀어막았다. 그녀는 맏이가 항상 아이를 덮어주던 일을 떠올렸다. 이제는 자기 차례였다. 그녀는 아이처럼 추위에 사로잡혔다. 두려웠다. 제 손가락을 움직여 보았고, 피가 순환하도록 발로 땅을 굴렀다. 급류에 뛰어들었을 때 순식간에 차가워지는 것과는 아주 다른, 느리게 파고드는 추위였다. 불에 덴 것처럼 쓰라렸다.

자신이 느끼는 불편함을 감춘 채 누이는 돌멩이들에 눈길을 고정시키고 걸었다. 우리는 그녀에게 조금이나마 위안을 주고 싶었지만, 누가 우리의 말을 귀기울여 듣는가? 돌이 인간을 덜 딱딱하게 만든다는 역설은 아무도 모른다. 우리는 인간을 힘이 닿는 만큼 힘껏 도우며 피난처나 의자, 총알, 길이 되어 준다. 우리는 아래를 내려다보고 걷는 그 소녀를 따라갔다. 그녀는 불규칙한 걸음으로 온몸을 부들부들 떨며 빠르게 걸었다. 그녀의 발아래에서 자갈이 모래처럼 서걱거렸다.

동화 속 같은 멋진 배경으로 둘러싸인 숲 속의 공터에 이르자, 누이의 눈에는 먼저 바닥의 풀에 닿을 만큼 휘어진 기다란 참나무 가지가 보였다. 그녀의 부모의 다리는 서로 너무 가까이 붙어 있어서 한 몸에서 나오는 것 같았다. 그런 다음에는 자그마한 묘지의 낮고 뾰족한 창살이 보였다. 그 창살은 무언가를 찌를 듯했다. 지난 몇 년이 그녀를 덮쳤다. 모든 것이 몰아닥쳤다. 탄생의 기쁨, 두 뺨의 보드라움, 부끄러움, 도망쳤다는 부끄러움, 그리고 아이를 들려고 시도했다가 떨어뜨린 날 느낀 아이를 놓아 버렸다는 부끄러움, 욕조 안에 있던 그토록 연약한 몸, 안뜰에 놓인 쿠션들, 남동생의 숨결—처음으로 그녀는 **내 남동생**이라는 말로 그를 떠올렸다. 그녀가 아이를 그렇게 부른다는 사실에 할머니가 얼마나 기뻐했을까. 감정이 몰아닥쳐 숨이 막혔다. 그녀는 저 아래쪽에서 올라오는 강물의 속삭임을 들었는데, 처음으로 그 소리는 무심함이 아닌 허락을 말하고 있었다. 그 소리는 이렇게 말했다. 너 자신을 놓아 줘도 돼. 그녀의 몸이 둘로 꺾이듯 굽혀졌다. 모두가 놀라서 순식간에 입을 다물었다. 장의사 직원들마저 움직임을 멈추었다. 처음으로 다가온 것은 맏이였다. 그는 슬픔을 느끼지 않겠다고 결심한 그녀에게, 그 슬픔에 깜짝 놀랐다. 우리는 맏이가 그녀에게 다가오는 모습을 본다. 그는 누이의 어깨를 붙들고 이름을 여러 번 반복해서 부른다. 누이의 몸을 일으키려 하지만 성공하지 못하고, 그 구부러진 몸을 제 품에 안는다. 누이는 이제 흔들리는 등에 불과하다. 그녀는 더듬더듬 말한다.

"아이가 죽어서야 우리가 만나게 됐어."

그러자 맏이는 손을 내리더니 그 손으로 누이의 이마를 꽉 누르고, 자기도 눈물을 흘리기 시작하면서 동시에 미소를 짓더니, 제 턱을 누이의 머리 위에 얹으며 가만히 속삭인다.

"아니야, 이것 봐. 그 애가 죽어서도 우리를 연결시켜 주잖아."

3

막내

Le dernier

부모는 그 사실을 전화로 알렸다.

"또 아이를 임신했어."

그들은 두려워하며 그 말을 전했고, 말을 신중히 골랐다. 그럴 필요는 없었다. 맏이는 도시에 살면서 경제학 공부로 바빴다. 누이는 리스본에서 공부하고 있었다.

그렇기에 집에 없던 그들은 한밤중에 어머니가 잠에서 깨어나 소파에 앉아 둥근 배 아래로 두 발을 한데 모은 모습을 보지 못했다. 그들은 어머니가 출산이 잘못될까 봐 얼마나 악몽에 시달리는지 짐작도 못했다. 그들은 어머니가 저녁의 솜털 같은 고요함 속에서 멍하니 앞을 바라보며 넘어지지 않으려고 두 발을 벌린 채 산에 올라가는 모습을 보지 못했다. 그들은 그녀가 죽은 아이를 진료한 교수 앞에 앉아야 했을 때, 아버지의 손을 아주 꽉 쥐었다는 사실을 알지 못했다. 같은 병원, 같은 회색 고무로 된 바닥이었고, 몇 년 전과 똑같은 질문이었다. 그들의 아이가 정상일까? 그 모습 뒤에는 자신들이 생명을 주기를 바라지만 생명을 상하게 만들지 모른다는 불안으로 하나가 된 상처 입은 부모의 커다란 기대가 고동쳤다.

교수는 초음파 사진을 보면서 모든 것이 정상이라고 말했다.

"다 좋습니다."

몇 년 동안 아무도 그런 말을 한 적이 없었기에 부모는 자신들이 잘못 들었다고 생각하며 감히 제대로 이해하려 하지 못하고 다시 한 번 말해 달라고 부탁했다. 교수가 미소를 지었다. 그들에게 생긴 일은 확실히 나쁜 우연이었고, 어머니가 마흔 살을 넘어가는 시기에 다시 임신을 하게 된 것은 행운이었다. 교수는 그들과 함께 문까지 걸어가며 불운, 행복, 마침내 어떤 균형, 이라고 말했다. 그는 감동한 것 같았다. 어머니가 어떤 검사를 받아야 할지 설명했고, 조심해서 지켜봐야 하는 임신이지만 이제는 의료 영상이 발달해서 기형을 미리 알아낼 수 있을 것이라고 말했다. 10년 만에 그 분야가 엄청나게 발달했다. 그런 다음에 그는 목청을 가다듬더니, 부모의 셋째 아이를 스캔했을 때 자신이 그들에게 진실 하나를 숨겼다고 말했다. "남다른 아이는 아주 어려운 시련이다. 부부 대부분은 헤어진다."라는 사실을.

그리고 이제 그가 여기에 있었다. 사내아이였다.
그것이 막내였다.
막내는 비극이 벌어진 다음에 태어났다. 그렇기에 그에게는 비극을 만들어낼 권리가 없었다.
그는 모범적이었다. 거의 안 울었고, 불편함과 이별, 폭풍우에 적응했고, 노력해야 할 때 전혀 싫은 기색을 보이지 않았다. 그는 부모를 위로했다. 바로 앞서 태어난 아들을 보상해 줄 완벽한 아들이었다.

막내의 어린 시절 전체에는 성장을 둘러싼 고통스러운 긴장이라는 낙인이 찍혀 있었다. 가끔 어머니는 막내에게 부엌 끄트머리에 놓인 과일 접시에 담긴 오렌지가 잘 보이느냐고 물었다. 막내는 "그럼요, 오렌지가 보이죠."라고 대답했다. 그러면 어머니가 지난 무수한 슬픔들로 잡아당겨진, 너무나 먼 곳에서 오는 듯한 미소를 지었기에, 막내는 어머니가 계속 미소 짓게 만들려고 오렌지를 자세히 묘사했다. 오렌지는 말랑말랑해 보여요. 색깔은 진하고, 완전히 동그랗지는 않아요. 사과 위에 아슬아슬 균형을 잡고 있는데, 자기가 넘어질 것 같다고 생각하지만 잘 버티고 있어요, 라고 아이는 말했다. 그러면 어머니는 결국 웃음을 터뜨렸다.

막내는 안도의 한숨을 들으며 자랐다. 벽은 막내가 첫걸음을 떼는 모습, 처음 말하는 모습, 처음 하는 몸짓들이 담긴 사진들로 뒤덮였고, 그 흔적들은 마음을 놓고 안심해도 좋다는 메시지 노릇을 했다. 막내는 건강했고, 그 증거는 그가 걷고 말하고 본다는 사실이었다. 그것은 사진으로 찍혔다. 증거였다.

막내는 혼자 나아가지 않았다. 그는 그 사실을 알고 있었다. 막내는 죽은 아이의 그림자와 함께 태어났다. 그 그림자가 막내의 삶을 휘감쳤다. 막내는 그 상황을 있는 그대로 받아들여야 했다. 그는 그 강요된 이중성에 반발하지 않았고, 오히려 그 반대였다. 그는 그것을 제 삶에 통합시켰다. 장애를 지닌 어느 아이가 앞서 태어났고 열 살까지 살았다. 없는 사람들도 역시 가족의 일원이었다.

막내는 아주 오래된 본능에 이끌려 자주 밤에 잠에서 깨었다. (그 집안에서는 이제 더 이상 아무도 제대로 잠을 자지 않았다. 수면은 고통을 주조하는 틀이었고 고통의 흔적을 담고 있었다.) 막내는 일어나서 자기가 제대로 느꼈음을 확인했다. 그는 꺼진 난로 앞에서 책을 읽는 아버지를 마주쳤다. 혹은 어머니가 소파에 앉아서 멍한 눈길을 물건들 위로 이리저리 던지며 아무것도 쳐다보지 않고 있었다. 그러면 막내는 그들 곁에 앉아서 가만히 이런저런 이야기를 했다. 오디 차를 마시지 않겠느냐고 물었고, 학교와 협동조합의 트럭 사고 이야기를 꺼냈다. 막내는 아픈 자녀 곁을 지키듯 부모를 보호했다. 그는 그런 것이 제 역할이 아니라는 사실을 잘 느꼈다. 하지만 또 운명은 역할들을 흐트러뜨리기 좋아하고, 적응해야 한다는 사실도 느꼈다. 그런 일은 깊은 생각도, 반감도 불러일으키지 않았다. 매사는 그저 그렇게 주어졌다. 막내의 마음속에는 깊은 선함이 있었다. 그가 햇살을 볼 때 피어나는 미소, 우리들을 보며 보내는 것으로 착각할 만한 미소를 보고 많은 사람은 그가 순진하다고 생각했을 것이다—대체 누가 돌멩이를 보고 웃는다는 말인가? 하지만 우리는 거기에서 어떤 고결함, 상냥함에서 생겨나는 고결함을 알아보았다. 그런 고결함을 지니려면 자기를 보고 누군가 불쾌한 비판을 해도 그러한 행동이 멈추지 않을 거라는, 참으로 소중한 확신에 찬 용기, 자신을 열 용기가 필요했다. 상냥함의 힘 덕분에 막내는 자율적이었고, 어리석음이 그에게 침투하지 못했으며, 자신의 본능에 확신을 가졌다. 막내는 그렇게 무장한 채 자신이 태어난 이상한 가족을 기꺼이 받아들였다. 자기가 더없이 사랑하고, 상처 입었으나 꿋꿋한 가족을 말이다. 그 때문에 막내는 먼저 부모를 보살폈다.

그들의 관계는 고요하고 강력했다. 그들 셋은 누에고치를 이루며 하루하루를 흉터의 모양으로 엮어 갔다. 막내의 어깨에는 소생의 책임이 지워져 있었다. 그것은 무거우면서도 만족감을 주었다. 그런데 그것이 막내에게 주어진 자리였다.

이따금 아버지는 막내가 떠나는 모습을 보게 될 거라는 두려움을 드러내는 갑작스런 몸짓으로 불안 섞인 애정에 차서 막내의 머리를 헝클어뜨리곤 했다. 마치 그 아이, 막내는 붙들어야 한다는 듯. 왜냐하면 막내 이전에 고통이 있었고, 막내 이후로는 아무것도 없을 것이었기 때문이다. 막내는 어떤 가운데에 서 있었다. 그는 새로운 출발인 동시에 연속이자 균열, 어떤 약속이었다. 그의 머리칼은 아이의 머리칼보다 숱이 적었다. 막내의 눈은 덜 검었고, 속눈썹은 덜 길었다. 정작 심신이 쇠약한 것은 아이였지만, 막내는 무엇을 하든지 자신이 '부족'하다고 느꼈다. 그는 씁쓸한 마음 없이 그런 생각을 했다. 죽은 아이에 대하여 진정한 호의, 호기심을 느꼈기 때문이다. 막내는 아이를 만나고 알 수 있었다면 그 어떤 대가도 마다하지 않고

치렀을 것이다. 그리고 또 다른 이유도 있었다. 막내가 부모와 함께 나누는 시간은 막내 자신의 것이었다. 그 순간들은 막내와 함께 태어났다. 그 순간들에는 어떤 기억도 새겨져 있지 않았고, 어느 작은 유령의 흔적을 지니지도 않았다. 막내는 자신이 무언가를 빼앗겼다고 느끼지 않았다.

아버지는 막내를 차양 아래로 데려갔다. 두 사람은 나무를 잘랐다. 전기톱 소리가 공기를 가르는 듯했다. 막내는 톱날이 나무를 살짝 스쳤다가 버터를 자르듯 쑥 들어가는 모습을 보는 것이 무척 좋았다. 나무토막들이 떨어지며 둔탁한 소리를 냈다. 막내가 몸을 수그려 장작을 끌어당기는 동안에 아버지는 다음에 자를 나무줄기를 붙들어 물림 장치처럼 보이는 뾰족한 삼각형이 잔뜩 달린 쇠 받침대 위에 놓았다. 그러고 나면 막내는 손수레를 밀고 장작 저장고로 가서 벌레 먹은 문을 지나 말릴 장작을 쏟아 부으며, 아버지가 자기 없이 나무를 벤 여러 해, 1990년, 1991년, 1992년도가 쓰인 라벨들을 떠올렸다.

아버지와 막내는 자주 털모자를 쓰고 장갑을 끼고 수리하러 떠났다. 그들이 무척 좋아하는 일이었다. 튼튼하게 만들고 높이 올리기. 똑바로 다시 세우기. 그들은 모르타르를 사용하지 않고 돌 벽을 쌓았고, 강으로 내려가는 계단을 만들었고, 문짝을 달았고, 난간이나 빗물받이 홈통, 작은 테라스를 만들었다. 그들은 공구를 파는 대형 매장을 함께 돌아다녔다. 기와지붕과 커다란 문이 달린 집이 있는 초원을 나타내는 어느 광고 앞을 지날 때마다(완벽한 지붕을 만들 수 있다는 광고였다), 막내는 아버지가 미세하게 긴장하는 것을 느꼈다. 그러면 막내는 초원 위에 있는 어떤 집이 부모가 아이와 겪은 이야기에서 반드시 무슨 역할을 했을 거라고 생각했다. 그는 어머니가 퓌레를 만들 때, 또는 언젠가 공구 가게의 주차장에서 어떤 여자가 유모차를 펼쳤을 때, 자기 주위에서 일어나는 그러한 미세한 몸의 긴장을 감지했다. 그 유모차는 너무나 빨리 펼쳐져서 고무바퀴들이 바닥을 치며 큰 소리를 냈다. 아버지는 그것이 마치 다른 세상에서 들려오는 소리이기라도 하듯 몸서리를 쳤다. 순간적으로 아버지의 눈은 그 소리, 펼치는 유모차의 소리, 그리고 거기에 앉힐 아이의 소리가 어디에서 나는지 알아내려고 주차장을 훑었다. 그랬다가 정신을 차리고 고개를 숙인 채 회전 막대를 밀고 가게로 들어섰다. 막내는 그 장면이 단 몇 초 동안 벌어졌지만 그중 어느 하나도 놓치지 않았다. 막내는 짐작했다.

자동차의 트렁크에 새 공구를 가득 싣고 집으로 돌아가는 길에 막내와 아버지는 이런 저런 다짐을 하고 앞으로 지을 것들을 생각하며 만족스러운 침묵을 음미했다. 도로가 마을을 향해 내려갈 때, 아버지는 가끔 막내에게 불쑥 질문을 던졌다.

"손으로 나사의 홈을 내려면 무슨 도구가 필요하니?"

"탭이요."

"연속으로 몇 번 돌리지?"

"세 번이요."

"무슨 탭으로?"

"초벌, 중간, 마감 탭."

"마감 탭은 어떻게 알아보지?"

"꼬리가 네모나고 줄이 없어요."

그게 전부였다. 아버지는 계속 운전을 했다. 막내는 유리창 너머를 바라보았다.

그들은 막내가 만나지 못한 할머니의 노하우가 계속 전수되기를 바라면서 볕이 가장 잘 드는 산비탈 밭에 대나무를 심었다. 그들의 몸짓은 유연하고 정확했으며 서로에게 맞추어져 있었다. 그들은 돌이나 도구를 말없이 춤추듯 서로에게 건넸다. 땀이 아버지의 눈 속으로 흘렀고, 그는 안전 장갑을 벗지 않은 손으로 이마를 닦았다. 햇볕이 땅을 파고들었고 그래서 땅이 빛을 발하는 거라고 막내는 생각했다. 그들 주위로 산이 그들을 살피고 있었다. 산은 무수한 소리를 내어 제 존재를 드러냈다. 쩍쩍댔고, 삐걱댔고, 화를 내거나 웃음을 터뜨렸고, 중얼거렸고, 고함을 질렀고, 가르랑거렸고, 속삭였는데, 청각을 지닌 아이가 그 자리에 있었다면 그 소리들을 들을 수 있었을 것이다. 아이는 아마도 산이 마녀 또는 중세의 공주라는 사실을,

온화한 식인귀이거나 고대의 신, 악한 짐승이라는 사실을 인정했을 것이다.

막내는 산이 벗으로서 제 곁에 있음을 느꼈다. 그는 인간이 하는 일이 무력화되고, 산비탈에 만든 밭이 무너지며, 나무들이 암석 위에서 자라고 재배한 작물을 파괴한다는 사실을 알았다. 막내는 산의 완강함을 알고 있었다. 하지만 사월이면 미나리아재비가 풀밭에 노란 꽃들을 점점이 흩뿌리고, 칠월에는 어치가 와서 무화과를 쪼아 먹으며, 시월이면 사람들이 허리를 구부려 바닥에 막 떨어지기 시작한 알밤을 줍는다는 사실도 알았다. 막내는 돌멩이 아래에 생명이 우글거린다는 사실을 깨닫고 항상 돌을 들추어보았다. 그는 우리들에 관한 그 사실, 우리의 배가 은신처로 사용된다는 사실을 이해했다. 그는 땅에 최소한 15센티미터 깊이로 구멍을 파고 그 위에 납작한 돌 하나를 덮어 두어 도마뱀이 거기에 마음 편하게 알을 낳을 수 있게 하기도 했다. 막내는 무엇보다 쥐며느리를 좋아했다. 쥐며느리는 무서우면 몸을 움츠려 공처럼 말았기 때문이다. 그는 그런 반사행동이 무척 좋았고 정말

근사하다고 생각했다. 두려우면 몸을 도르르 말기. 결국 인간도 쥐며느리를 흉내 내는 거라고 막내는 생각했다. 그는 쥐며느리를 한 마리 찾아내면 그 자그마한 청회색 공을 손바닥 위에 얹은 채 감히 숨도 쉬지 못했다. 그는 그것을 축축한 땅에 가만히 내려놓고 까치발로 걸어서 그 자리를 떴다.

막내는 자연을 무한히 존중했다. 돌멩이들은 짐승의 흔적을 간직하고 있었고, 하늘은 새들에게 거대한 은신처였으며, 특히 강에는 두꺼비와 독 없는 뱀, 소금쟁이, 가재들이 살았다. 막내는 단 한 번도 혼자라고 느끼지 않았다. 그는 아이가 주어진 수명보다 더 오래 산 이유가 그곳에서 그런 동행을 누리기 위해서였다는 사실을 깨달았다. 그것은 막내에게 논리적으로 보였다. 막내가 아이를 만날 수 있었더라면 바로 그 점, 산을 전적으로 받아들인다는 점에서 아이와 공통되었을 것이었다.

저녁이면 막내와 부모, 셋이서 식사를 했다. 막내는 그저 함께 있으려고, 또는 어떤 목소리의 음색을 들으려고 별 이유 없이 하는 말들을 좋아했다. 빈 곳을 꿰매고 그곳을 부드러운 침묵으로 채우는 그러한 다정함이 감돌았다. 컵에 물을 따랐고, 고기와 호밀빵을 건넸으며, 염소젖 치즈를 먹지 않겠느냐고 물었다. 말끝에는 "아 그래?", "에스페루Espérou, 그 마을 참 예쁘지.", "아 그래, 쐐기풀은 정말 고약해.", "모자르 그 가족은 참 사람들이 괜찮아."라고 덧붙였다. 또 그 전날 구입한 이중 믹서에 관해 이야기했다. 분당 회전수가 450이면 충분한가? 막내는 클립을 찾다가 누나의 책상 서랍을 열었고 '대화 주제들'로 가득한 공책을 한 권 발견했다. 페이지 위쪽에 그렇게 적혀 있었다. 막내는 무척 놀랐다. 저녁을 먹을 때면 아무도 '대화 주제들'을 따로 필요로 하지 않았기 때문이다. 막내는 거기에서 은근한 만족감을 느꼈다. 자부심을 느껴서라기보다는 안심이 되었기 때문이다. 관계는 확실히 원활했다. 그것은 회복 중인 환자가 느끼는 행복한 평온함이었다.

　맏이와 누이 이야기가 그들의 대화 대부분을 차지

했다. 그들은 그곳에 없으면서 그곳에 와 있었다. 세 사람의 생활은 새로 들은 소식들을 통해서 그려졌고, 휴대 전화가 처음 사용되기 시작하면서 더 쉽게 서로 이야기할 수 있었다. 맏이는 어느 회사에서 좋은 직위를 얻었다. 양복을 입었고, 버스를 타고 다녔으며, 아파트에서 살았다. 하지만 그의 삶에는 아무도 없었다. 애인이 없었고, 친구도 거의 없었다. 부모는 맏이에 대해 말할 때면 크리스털 유리로 된 꽃병을 만지듯 조심스러웠다.

누이는 계속 포르투갈에서 살았지만, 포르투갈어 문학 공부는 그만두었다. 지겨웠다—어찌 되었든 그녀는 학교를 좋아한 적이 한 번도 없었다고 아버지가 설명했다. 누이는 포르투갈에 사설 프랑스어 학교를 차릴까 생각 중이었다. 많이 놀러 다녔다. 그녀가 사는 아파트는 좁은 비탈길을 향해 나 있었고 그 길에는 음반 가게가 하나 있었는데, 그 가게 주인이 이제 그녀와 삶을 함께했다. 그녀는 전화를 덜 했다. 매우 사랑에 빠진 것 같았다. 어머니는 "그 애가 다시 태어나는 거야."라고 말하며 미소를 지었고, 막내는 바로 그 순간에 다시 태어나려면 죽는다고 믿었어야 했던 거라고 생각하며, 자신의 가족이 자기가 존재하기에 앞서 거친 일들이 얼마나 엄청난지 엿보았다.

막내는 겉으로 보기에는 흠잡을 데 없었지만, 하고 싶은 질문이 한두 가지가 아니었다. 부모님은 언제 알았는지, 형은 하루 종일 무엇을 했는지, 형한테서 무슨 냄새가 났는지, 부모님은 슬펐는지, 형은 음식을 어떻게 먹었는지, 앞은 볼 수 있었는지, 걸을 수 있었는지, 생각할 수 있었는지, 몸이 아팠는지, 부모님은 아팠는지.

막내는 마음속으로 아이를 '거의 나인 존재'라고 불렀다. 그는 자신이 어떤 분신, 자기를 닮은 누군가라는 인상이 들었다. 언어 따위의 감각을 지니지 못했으며 그 누구에게도 해를 끼치지 못했을 어떤 사람, 제 안으로 움츠러든 어떤 사람 말이다. 쥐며느리처럼.

막내는 그 사람이 그리웠다—내가 알지도 못하는 사람을 그리워한다니 말도 안 된다고 막내는 생각했다. 단 한 번만이라도 그를 보고 그 냄새를 맡고 만져 보기를 간절히 원했다. 그러면 자신도 식구들과 동등해지고, 아이에 대해 느끼는 깊고 진정한 관심을 충족시킬 수 있을 것이었다. 아이가 극도로 허약하고 장애를 지녔다는 사실에 그는 거부감을 느끼지 않았다. 막내는 약한 모든 것을 좋아했다. 자신이 평가받는다고 느끼지 않았기 때문이다. 자신이 왜 평가받기를 두려워하는지는 전혀 알 수 없었지만, 다른 사람들의 눈길이 유모차에 와 닿는 순간에, 다른 이들의 정상성이 위풍당당하게 드러나는 순간에 자신의 형과 누나, 그리고 어쩌면 부모가 느꼈을 부끄러움, 그 부끄러움이 너무도 깊었고 죄책감을 느끼게 만들어서('부끄러운 부끄러움'이라고 막내는 생각했다), 그 부끄러움이 피를 통해 전해졌을 거라고 생각해 볼 뿐이었다. 막내는 그 아이를 감싸 안아서 보호해 주고 싶었다. 자기가 태어나기 전에 죽은 누군가를 어떻게 그토록 그리워할 수 있을까, 라고 막내는 스스로 물었고, 그 질문에 정신이 아찔해졌다.

사진 하나가 부모 침실의 침대 옆, 어머니의 램프

위쪽 벽에 걸려 있었다. 그 사진에서는 안뜰의 그늘 속 커다란 쿠션들 위에 누워 있는 아이가 보였다. 바닥에서 올려다 본 관점에서 찍혔는데, 맏이가 찍은 것 같았다. 커다란 쿠션의 두툼함이 보였고, 그 위에 뼈가 앙상하고 벌어져 있으리라 짐작되는 무릎이 놓여 있었다. 팔도 벌어져 있었는데 주먹은 아기 주먹처럼 꽉 쥐어져 있었다. 손목이 너무 가늘어서 막내는 '눈이 덮인 마른 나뭇가지'라고 생각했다. 옆얼굴은 섬세했고 무척 창백했으며, 동그란 뺨 위로 기다란 검은 속눈썹이 나 있었다. 머리칼은 짙은 갈색에 숱이 많았다. 사진의 아래 한구석에 어느 손 하나가 흐릿하게 지나갔는데, 막내는 그것이 누이의 손임을 알아보았다.

사진이 찍힌 때는 어느 일요일 오후였는데, 산들이 어깨를 담장 너머로 추켜세웠고 그들의 두터운 목이 푸른 하늘을 향해 뻗어 있었다. 평화로웠는데, 동시에 무엇인가 뒤틀려 있었다—다리, 아니면 너무 뒤로 젖혀진 목, 아니면 운명이.

막내는 어머니한테 저녁 인사를 하러 갈 때면 거의 두려움에 찬 눈길로 그 사진을 흘깃 쳐다보았다. 그는 더 머물러 있고 싶었다. 하지만 감히 그러지 못했다. 어머니는 막내에게 몇 번이나 질문을 해도 좋다고 말했다. 하지만 막내는 마음속에 질문이 너무 많아서 포기했다. 사실은 어머니가 약해질까 봐 겁이 났다. 기억 때문에 어머니가 다시 슬픈 미소를, "너 오렌지가 보이니?"라고 묻고 나서 짓는 그런 미소를 짓게 만들고 싶지 않았다. 막내는 어머니에게 다음과 같이 묻는 위험을 감수하고 싶지 않았다. 만일 아이가 죽지 않았더라도 내가 태어났을 거냐고. 막내는 어머니를 꼭 끌어안았다. 그는 눈을 감은 채 어머니의 목에 대고 말 없는 약속, 사랑하고 서로 돕겠다는 맹세를 전했다.

학교에서 그는 우수한 학생이었다. 하지만 학교 공부에는 크게 관심이 없었다. 그런 것이 틀에 박혀 있고 상투적이며 좀 바보스럽다고 생각했다. 역사만 빼고. 역사는 막내가 정말 좋게 생각하는 유일한 과목이었다. 그는 모든 날짜를 쉽게 외웠고, 어떤 시대의 분위기, 은밀한 장소들, 사람들의 마음 상태가 손에 잡힐 것 같은 느낌으로 그 시기에 빠져들었다. 그는 중세를 유난히 좋아했고, 그 시대에 살던 사람들이 교회 종과 검들에 이름을 붙인다는 사실을 알았을 때 자신이 이해받는다고 느꼈다. 왜냐하면 자신도 돌들에게 이름을 붙여 주었으니까. 아이들의 상상력은 그러한 법이라서 우리가 전혀 부탁하지 않은 정체성을 우리에게 줄 수 있고, 그러면 우리는 '코스탄', '오트클레르', '주아외즈' 같은 이름들의 울림을 음미하며, 우리가 사는 벽은 사진이 실린 소개 책자가 된다.

막내는 초등학교를 다니는 내내 바이킹 시대부터 제2차 세계 대전 직후에 이르기까지 모두 재미있게 공부했다. 그는 시대를 여는 첫 연도를 보면서 엄청난 행복감을 느꼈고 미지의 나라로 들어서는 인상을 받았다. 어떤 새로운 언어, 먹고 생각하는 방식, 공간, 지금과는 다른 느낌들과 관계 맺는 새로운 방식을 배워야 할 것이었다. 역사는 미지의 대륙으로 떠나는 여행이었는데, 그럼에도 불구하고 그 여행은 막내 자신의 현재와 너무도 잘 공명했다. 그는 자신이 어떤 사슬의 고리라고 느꼈고, 자신이 존재하기에 앞서 세상을 그려낸 어떤 거대한 춤에 가담하고 있다고 느꼈다. 그는 그런 생각, 이미 살아간 무수한 삶과 앞으로 올 무수한 다른 삶들 사이에 위치해 있다는 생각이 참으로 좋았다. 그러면 그는 더 이상 막내가 아니었기 때문이다. 가끔 막내는 자기 선조들의 유물을 만지듯 엄숙하게 손끝으로 우리들을 만졌다 ─그리고 그건 사실로서 돌들은 어떤 유물이었다. 그에 대해서 막내는 아무에게도 말하지 않았다.

그는 어떤 경계가 자신을 다른 또래 아이들과 구분한다고 느꼈다. 그는 인간의 밀도를 매우 쉽게 감지했다. 어떤 눈길, 침울함, 기대, 열등감, 은밀한 사랑, 두려움을 포착했다. 그는 동물 같은 방식으로 타인을 직감했다. 하지만 거부당하지 않기 위해서 인간으로 남도록 신경 썼다. 감수성이 예민한 사람이 쉽게 피해를 입는다는 사실을 짐작했기 때문이다.

막내는 자기 또래의 어느 남자애가 고립되어 있음을 금방 눈치챘다. 다른 골짜기에서 왔거나 이곳에 막 정착한 아이 같았다. 어쨌거나 아무도 그 아이를 알지 못했다. 그는 다른 아이들이 그 아이를 관찰하는 모습을 관찰했고, 주변부에 자리하는 일이 얼마나 위험한지 가늠했다. 그 애는 벌써부터 다른 아이들이 둘둘 뭉쳐 던지며 자기들끼리 주고받는 제 목도리를 쫓아 뛰어다녔다. 팔을 쭉 뻗고 뛰어 올랐지만 목도리는 너무 높이 던져졌다. 목도리가 막내의 손에 떨어졌다. 막내는 벌써부터 자기를 향해 달려오는 아이를 도와주고 싶었지만, 그런 마음과는 반대로 행동하며 규범을 따랐다. 그는 다른 그룹을 향해 목도리를 있는 힘껏 던져서 남자애가 뒤돌아 뛰어가게 만들었고, 그러다가 그 아이는 미끄러졌다. 그는 곧바로 일어나지 않고 졌다는 듯 울음을 터뜨렸고, 못된 기쁨이 학교 운동장 전체로 퍼졌다.

그 장면이 막내의 마음속에서 떠나지 않았다. 막내는 그 꿈을 꾸다가 몸서리를 치며 잠에서 깨었고, 계단을 내려가 한밤중에 공구 잡지를 뒤적이던(흔히 있는 일이었다) 아버지 곁에 앉았다. 그는 학교 운동장에서 벌어진 그 일이 싫었고, 제 자신이 싫었다. 자신이 사자왕 리처드였다면 절대로 그렇게 행동하지는 않았을 거라고 생각했다. 남자애가 마치 거실에서 바로 막내의 뒤에 서 있듯 그 울음소리가 똑똑히 들렸다. 그래서 막내에게는 그다음 날 자신의 본성으로 되돌아가는 일이 자연스럽게 생각되었다. 그는 교실에 들어가기 전에 틈을 노렸다가 다른 학생들 앞에서 제 목도리를 풀어 남자애에게 내밀었다. 여기저기에서 "배신자"라는 말이 들려오는 가운데, 남자애는 의도적으로 목도리를 붙들지 않았고, 목도리는 묵직한 리본처럼 복도 바닥에 떨어졌다. '나는 남자애의 우정을 얻지 못했고, 다른 애들의 우정을 잃었어.'라고 막내는 생각했고, 마음속 깊이 그다지 놀라지 않았다. 그는 자신이 다른 아이들과 다르다고 느꼈고, 남다른 남자애하고도 다르다고 느꼈다. 자기 자신을 인정해야 할 때였다. 막내는 신중해야 했다.

아무도 던지지 않는 것 같은 질문들이 그의 마음속에서 맴돌았다. 학교 운동장은 돌담으로 길과 분리되어 있었다. 그는 그 앞에서 꼼짝 않고 서 있으면서 돌담의 구멍을 어떻게 메울지 궁리할 수도 있었다. 그의 머릿속에는 아버지가 벽을 세울 때 사용하던 말들,

마구리 돌, 토대, 떠장, 이음돌 같은 자신이 좋아하는 단어들이 맴돌았다. 그는 돌멩이들에 바짝 다가가 거기에 제 이마를 대고 '수직으로 엎드리고' 싶다고 생각했지만 참았다. 자신의 상냥함을 억누르고 집단 속에 자리 잡아 목도리 사건을 만회해야 했다. 학급 학생들이 공놀이를 했으니 자신도 공놀이를 할 것이었다. 막내는 다른 사람들을 경계했으므로 그들 사이에 섞여 들어 치욕을 당하는 일을 면할 만큼 영리했다. 그는 찬동해야 할 때에는 찬동했고, 쉬는 시간에 아이들을 웃겼으며, 자신이 학교 식당에서 줄을 서서 기다릴 때 십자군이 지나간 여정을 속으로 암송한다는 말을 하지 않았고, 적당히 건방지게 행동해서 우등생이라는 사실을 만회했다. 그가 유일하게 넘지 않는 한계는 부당함이었다. 그의 너그러운 기질이 부당함을 견디지 못했다. 어느 날 학급 학생들이 다시 남자애를 못살게 굴었을 때, 막내는 강경한 태도를 취하며 자신은 그보다 더 나아가지 않겠다고 예고하고 외톨이를 괴롭히지 말라고 했다. 그의 무뚝뚝하고 싸늘한 목소리에 아이들의 흥분은 가라앉았다. 그는 심지어 대장의 휘광까지 얻었으나, 막내는 그것으로 무엇을 해야 할지 몰랐다. 그는 남다른 자신의 형에게 사람들이 끼쳤을 피해를 한순간 슬쩍 엿보았다는 말을 아무에게 도 하지 않았다.

그는 학교 친구들을 마을로 초대했다. 다른 아이 들과 남자애가 왔다. 부모에게는 맏이가 그렇게 하기 를 그만둔 이후로 처음이었다. 어머니는 음료수 병을 잔뜩 사다 놓았고, 아버지는 죽마를 여러 개 만들었 다. 남자애가 죽마를 타고 어처구니없이 뻣뻣해진 다 리를 내딛다가 사지를 뻗으며 바닥에 넘어졌을 때, 막 내는 다른 아이들의 웃음은 듣지 못하고 마음이 주체 할 수 없이 다정해짐을 느꼈다. 어머니도 그런 모양이 었다. 그 아이를 일으키고 티셔츠를 털어 주었으니까. 그녀는 미소를 지었다. 나쁜 일이라고는 아무것도 벌 어질 수 없을 것처럼 행복해 보였다. 그녀는 소리에 취 했고, 아이들의 배를 채워 주었고, 게임을 주도했다. 부모님이 얼마나 오랫동안 집에 아이들을 초대해 본 적이 없었던 걸까, 라고 막내는 생각했다. 막내와 더

불어 평범한 삶의 사소한 모든 사건이 어떤 역사적인 순간의 중요성을 띠었다 — 생일잔치, 학교 축제, 성적표, 활쏘기 수업 등록(활을 쏘려면 서고, 보고, 붙잡고, 이해할 줄 알아야 하는데 세상을 뜬 아이는 그런 일을 하지 못했다). 이미 겪은 시련으로 휘갑쳐진 일상은 축제의 모습을 띠었다. 그래서 막내는 으쓱했고 자신이 왕이 된 것 같았다. 하지만 동시에 부담스러웠다. 자신이 남의 것을 빼앗은 것 같았다. 그는 말없이 형에게 용서를 구했다. 형의 자리를 차지해서 미안하다고. 정상으로 태어나서 미안하다고. 형은 죽었는데 이렇게 살아서 미안하다고.

어떤 날 아침이면 막내는 침대에 계속 누워 있었다. 목덜미에 힘을 빼고 느릿하게 무릎을 구부려 침대 매트리스에 닿도록 최대한 납작하게 벌렸다. 그는 아이의 몸과 하나가 되어 아이가 느꼈을 것을 비슷하게 느껴 보려 했다. 막내는 눈길을 허공에 떠돌게 놔둔 채, 호박단 천 같은 강물 소리, 다락방에서 들쥐가 긁는 소리 따위의 미세한 소리들에 귀를 기울이며 어머니가 자기를 부를 때까지 그렇게 누워 있었다.

형과 누나는 여름 방학 때 왔다. 막내는 그들에게 아버지와 함께 만든 것들을 보여 주었다. 그는 장작 저장고로 그들을 불러서 건식 회전 연마기를 어떻게 사용하는지 보여 주며 회전 속도를 높일 때 그들이 뒤로 물러서는 모습을 즐겼고, 얍, 이제 칼날이 잘 갈렸지, 라고 말했다.

그러면 맏이는 "그거 제자리에 놔 둬."라고 가만히 충고했다.

막내는 그들을 보는 것이 무척 좋았다. 비록 몇 주 후에 그들이 떠날 때 마음이 홀가분해지긴 했지만. 자신의 누에고치를 되찾을 수 있었기 때문이다. 막내는 여름 방학에 그 누에고치를 잃는 일을 받아들였다. 그는 더 이상 중심이 아니었다. 막내는 주변적인 관심사가 되었고, 그는 그 사실을 잘 알고 있었기에 어른들이 이야기를 나누는 동안에는 입을 다물었다. 그 일이 거북하지 않았다. 그것이 일시적인 상황임을 알았다. 그의 형과 누나는 균형이 깨지는 일을 경험했지만, 자신은 그러지 않았다. 그것만으로도 그가 그들에게 가끔 제자리를 양보할 이유는 충분했다. 게다가 막내는 예쁘고 생기 있고 삶을 즐기는 누나의 무릎에 기어 올라가는 것이 좋았다. 그녀는 포르투갈에서 막내가 좋아하는 음식 조리법을 가져왔다. 그녀는 오렌지 와플의 여왕이었다. 또 미소 짓는 사람들의 세상, 새로운 언어, 다른 시간표, 다른 기후, 거대한 승강기와 수도원들이 있는 노란색과 파란색의 도시를 가져왔다. 그녀는 막내를 '나의 작은 마법사'라고 불렀다.

누이는 막내에게 무척 다정했다. 아무도 만지지 않는 맏이와 달리 그녀는 걸핏하면 막내에게 입을 맞추었다. 그리고 막내를 제 가까이 끌어당길 때 자주 그의 목덜미를 잡았다. 그런 다음에 막내를 힘주어 꼭 안았다. 마치 그가 사라지기라도 할 듯.

두 사람이 산길을 걸을 때면 그녀는 "내가 어렸을 때"라며 말을 시작했다. 그러면 막내는 마음이 죄어들었다. 누나가 어린 모습을 너무도 보고 싶었다. 더이상 존재하지 않는 사람의 입장이 되기를, 누이의 유일한 남동생이기를 너무도 바랐다. 막내가 아는 자신의 가족사에는 공백이 가득했다. 그리고 그는 자신의 역사를 제대로 알 수 없다는 이유 때문에 역사라는 학문이 좋았다. 다시금 그는 자기 없이 올랐을 가파른 산길과 자신이 결코 그 풍미를 알 수 없을 매우 특별한 순간들을 엿보았다. 또 고통, 자신이 상상할 수도 없지만 그래도 그의 가족을 떠나지 않는 무한한 고통도 엿보았다.

그에 앞서서는 형들과 누나만 있었다. 살았건 죽었건 그들은 형과 누나였다. 막내인 그는 사슬의 끄트머리에 도착했다.

누나에게는 그들 형제에 대한 질문을 할 수 있었다. 식구들은 언제 알았는지, 형은 하루 종일 무엇을 했는지, 형에게서 어떤 냄새가 났는지, 식구들이 슬펐는지, 형은 음식을 어떻게 먹었는지, 앞을 볼 수 있었는지, 걸을 수 있었는지, 생각할 수 있었는지, 아팠는지, 식구들은 아팠는지.

두 사람은 숲 속의 오솔길을 앞뒤로 걸었기에 서로를 볼 수 없었다. 누이는 산을 발로 걷어차듯 맹렬하게 걸었다. 막내는 어떤 분노와 동시에 힘을 느꼈다.

누이는 포르투갈어를 아주 빨리 배웠다. 현지인과 많이 어울렸고, 읽고 만나고 들었으며, 리스본의 모든 술집을 알고 있었다. 그녀는 삶과 삶의 움직임을 보듬어 안았다. 그녀는 테라스에서 커피를 마시며 남의 눈에 띄지 않게 사람들을 관찰하고 그들의 표정과 오가는 모습을 관찰하기를 좋아한다고 말했다. 군중은 자연만큼이나 무감각하고 오만했으며 자족적이었다. 끔찍하게 고통을 받아도 군중과 산은 전혀 아랑곳하지 않았다. 오랫동안 누이는 그런 무심함에 화가 나 있었다. 이제는 오히려 그 무심함에 마음이 편했다. 비판받지 않고 받아들여진다고 느꼈다. 그녀는 자연법칙은 용서를 구하지 않지만, 유죄 판결을 내리지도 않는다고 막내에게 말했다.

이따금 누이는 포르투갈어 몇 마디를 섞어 말했다. 막내는 그 언어의 둥글고 억눌린 음색이 좋았다. 노래하는 듯한 언어, 까끌까끌한 언어가 있었지만, 그런 언어들과 달리 포르투갈어는 내면을 향하는 것처럼 들렸다. 메시지가 입술을 넘어서기 전에 그것을 말하는 사람의 심장으로 되돌아가듯 입은 소리의 울림을 목으로 삼켰다. 그래서 그 어떤 단어도 온전한 형태로 밖으로 나오지 않았고, 진실로 외로움에 사로잡힌 내성적인 사람들이 그러듯 단어들은 제 자신의 또렷함 따위에는 아랑곳하지 않고 어서 빨리 따뜻한 몸속으로 되돌아가고 싶은 것 같았다. 그것은 내향의 언어였다. 그의 누이는 다른 언어를 말할 수 없었으리라고 막내는 생각했다.

누이는 막내의 질문들에 답해 주었다. 막내는 강가의 납작한 돌멩이들 위에 놓인 아이의 머리에 대해서, 그 옆에서 책을 읽던 맏이에 대해 알게 되었다. 수녀들이 가득한 초원의 집, 구부러진 두 발, 움푹 들어간 입천장, 뺨의 보드라움에 대해서, 눈의 다래끼와 경련성 발작, 데파킨, 리보트릴, 리파마이신, 기저귀, 퓌레, 보라색 면 잠옷에 대해서, 미소, 가늘게 흘러나오던 순수하고 행복한 목소리에 대해서, 고통스럽게 만들던 다른 사람들의 눈길, 그리고 막내가 알지 못할 모든 순간들에 대해 들었다. 막내의 눈앞에 자신의 이야기가 그려졌고, 그는 자신이 어디에서 오는지 깨달았다. 누이는 그에게 얇은 가운을 입은 할머니에 대해서, 카라파테이라, 요요, 순종하는 나무들, 넓디넓은 마음에 대해 이야기했다. 누이는 막내를 나무라기도 했다. 그가 쥐며느리가 있는지 살펴보려고 돌멩이들을 뒤집느라 너무 늦게 걸었기 때문이다.

그들에게는 즐겨 가는 산책로가 있었다. 양들이 풀을 뜯고 내려오는 피게롤Figayrolles이나 라종La Jons, 바랑Varans 고개, 페르슈방Perchevent, 말모르Malmort가 그런 곳이었다. 막내의 누이는 멧돼지가 머물다 간 진흙탕을 알아보았고, 그곳이 파인 장소에 따라서 어떤 바람이 불었는지 알아냈다. 흙탕이 지중해 쪽 산등성이에 있으면 그것은 북쪽에서 불어오는 싸늘한 바람을 피하기 위해서였다. 누이를 통해서 할머니가, 할머니의 바람에 대한 지식이 말하고 있음을 막내는 느꼈다.

그들은 개울을 건넜고, 하얀 히스 밭을 가르며 걸었고, 자갈을 밟고 미끄러졌다. 가끔 가시가 난 줄기에 살갗을 긁혔다. 그들은 발을 제대로 디디고 호흡을 조절할 줄 알았다. 마침내 고원에 이르러 하늘이 양팔을 벌리고 산맥의 등허리가 아득한 곳까지 펼쳐질 때면 막내는 자신이 지닌 질문들을 덜어내어 가벼워졌다고 느꼈다. 그런 파노라마 전망만큼이나 단순하고 명료했다. 막내는 그곳에 있던 반면에 아이는 더 이상 그곳에 없었다. 그는 극적인 이야기도, 슬픔도 없이 그렇게 생각했고, 그것은 어떤 동행을 끝낸 기록이었다. 나는 이곳에 있지만 너는 다른 곳에 있고, 이런 것도 어떤 관계였다.

누이와 막내는 어느 과수원의 그늘에 앉거나 자유롭게 오가는 말들을 마주하며 점심을 먹을 때도 있었다. 이는 그들에게 마법 같은 순간으로서 그에 대한 기억은 종소리와 양의 울음소리, 말 울음소리, 말의 행렬과 뒤섞였다. 동물들의 소리뿐 아니라 냄새(금작화, 젖은 땅, 짚 냄새)도 있었다. 막내는 자신의 감정과 감각을 대응시키지 않을 수 없었기 때문이다. 그는 몇 세기 전에 똑같은 소리, 똑같은 빛, 똑같은 냄새들이 있었다고 생각하기를 좋아했다. 어떤 것들은 나이를 먹지 않았다. 중세의 순례자들이 지금과 똑같은 가을날에 유려한 금빛 물결을 보았을지 몰랐다. 뾰족한 끄트머리가 노란 미루나무들이 횃불처럼 서 있었다. 덤불은 무수한 붉은 물방울을 이루며 흩어졌다. 산은 초록색 점들이 박힌 주황색 코트를 둘렀고, 막내는 시월이 걸쳐 입는 엄청난 색깔들을 단번에 배워 익혔다. 그의 마음속에서 미지근한 크림 냄새와 어떤 아이의 옹알거림, 남자애가 죽마를 타고 걷는 데 마침내 성공했을 때 지은 미소가 떠올랐다. 막내는 잠시 눈을 감았다. 그랬다가 꽉 찬 마음으로 자리에서 일어나 누나에게 신호를 보냈다. 그들은 다시 길을 떠났다. 막내의 눈에 누이의 가는 어깨가 걷는 리듬에 맞추어 숨을 쉬고, 그녀의 풍성한 갈색 머리칼이 등 뒤에서 찰랑이는 모습이 보였다.

집으로 돌아가는 길에 그들은 암석 위에 자란 삼나무 한 그루 앞을 지났다. 나무는 홀로 늘씬하게 뻗어 있었다. 누이는 걸음을 멈추었다.

"이 녀석은, 살고 싶은 거야."

그녀는 말했다. 그리고 고개를 돌렸다. 가을의 구릿빛 배경 위로 막내에게 누이의 옆얼굴이 보였다.

"너처럼."

그의 누이는 민첩하고 재미있었으며 계획으로 가득했다. 그녀는 삶이 그리웠다는 듯 삶을 한껏 끌어안고 있다고 막내는 생각했고, 누이가 사랑에 빠졌을 때에는 말을 하는 사이사이 침묵을 두었다. 호흡에 맞추어진 확고하고 규칙적인 발걸음 소리가 막내에게 들렸고, 뒤이어 다시 누이의 목소리가 들렸다. 그녀는 음반 가게에서 만난 남자에 대해 이야기했다. 그는 그녀를 기다렸고 이해했고 **고쳐** 주었으며, 사람은 자기가 사랑하는 사람에게 불행이 닥칠 것을 두려워하지 않고도 사랑할 수 있고, 잃을 것을 두려워하지 않고 내어줄 수 있으며, 위험이 닥칠 것을 기다리면서 두 주먹을 꼭 쥔 채 살아서는 안 된다, 라고 누이는 말했다. 바로 이것이 그 사랑이 내게 가르쳐 준 것이고, 큰 오빠가 배우지 못하는 것이라고. 오빠는 포기했으니까, 라고 그녀는 중얼거렸다.

막내는 그런 산책에서 돌아올 때면 조금 얼떨떨했다. 누이의 말들이 며칠 동안 내내 그의 마음속에서 우러났다. 그는 그 말들에게 시간을 주었다. 저녁 식사 시간에 막내는 예전과 다른 눈으로 맏이를 바라보앉다. 맏이의 부드러운 몸짓과 차분함이 다른 의미를 떠었다. 막내인 자신은 아이를 거의 알지 못하는데, 맏이가 그를 그토록 정성껏 보살폈다는 것이 가능할까? 언젠가 막내는 아버지가 식구들의 그릇에 수프를 덜고 있는데 불쑥 맏이에게 어째서 더 이상 책을 읽지 않느냐고 물었다. 맏이는 그저 그 특유의 슬픈 미소를 지어보였는데, 맏이는 언제나 그것, 슬픈 미소만 막내에게 보냈고, 막내는 더 많은 것을 원했다. 그래서 막내는 용기를 내어 말했다.

"'책livre'하고 '자유롭다libre'는 말은 글자 하나만 달라. 형이 더 이상 안 읽는 건 완전히 갇혀 있기 때문이야."

아버지의 국자가 허공에서 멈추었다. 누이와 어머니는 눈길을 주고받았다. 한편 맏이는 전혀 놀란 기색을 보이지 않았다. 그는 자기 포크를 1밀리미터 밀었다. 검은 눈을 들었다. 목소리가 굳어 있었다.

"여기에 갇혀 있던 어린애가 있어. 그 애는 우리한테 많은 것을 가르쳐 줬어. 그러니까 가르치려 들지 마."

막내는 제 접시로 고개를 수그렸다. 식탁 주위로 떠다니는 아이의 유령을 느꼈고, 유령이 그토록 중요한 비중을 차지할 수 있다는 사실에 놀랐다. 그는 마음속으로 세상을 뜬 아이에게 말했다.

'부적응한 사람치고는 영향력이 대단하네……. 마법사는 바로 너야.'

막내는 마음속으로 아이에게 자주 말을 걸었다. 본능적으로 부드럽고 단순한 단어를 사용했고 아이한테 말할 때처럼 어르듯 말했는데, 자기도 모르게 그렇게 하면서 아이에게 사자왕 리처드의 죽음과 기사도 정신에 대해 이야기했다. 멀리서 보면 아무도 막내가 아이에게 말하고 있다고 짐작하지 못했을 것이다. 그는 아이에게 이웃들에 대해서도 이야기했고, 어떤 색깔과 어떤 소리를 연결 지어 비교했고, 자기가 느끼는 것을 털어놓았다. 막내는 자신이 이해받는다고 확신하며 자신의 은밀한 세계를 아이에게 드러냈다. 특별한 지식은 특별한 존재하고만 나눌 수 있다고 막내는 생각했다. 아이를 만져 볼 수만 있다면 막내는 그 무엇이라도 내주었을 것이다. 누이는 아이 살갗의 보드라운 볼록함에 대해서, 뺨을 맞대고 머물러 있던 맏이에 대해서 그토록 많이 말했다. 막내는 반투명한 상반신, 푸른 핏줄이 진 손목의 투명함, 가느다란 발목, 한 번도 사용하지 않은 발바닥의 분홍빛을 상상했다. 그는 제 손을 침대 매트리스의 머리 쪽에 갖다 댔다. 눈을 감았다. 노래하는 듯한 청명한 목소리가 가늘게 올라왔고 웃음소리가 들렸다. 또 목에서 나는 땀 냄새, 오렌지 꽃 냄새, 삶은 야채 냄새도 풍겨 왔다. 그는 자신이 피부와 숱 많은 머리칼을 만지려고 손을 움직이는 순간, 형이 사라져버릴 거라는 사실을 알았다. 그래서 눈물이 났다.

어느 날 막내는 보라색 면 잠옷이 어디에 있느냐고 물었다. 어머니는 막내가 그런 자세한 사항을 알고 있다는 데에 어리둥절해 하며 맏이가 가져갔다고 대답했다.

시간이 흐르며 막내는 점점 더 예민해졌다. 산의 색깔을 보면 그의 마음속에 엉뚱한 시poetry들이 생겨

났다. 빛은 외침으로 변모했다. 여름에 저녁 여덟 시가 되면 빛이 낮게 깔리며 너무도 강렬해져서 막내는 귀를 틀어막아야 했다. 그림자는 첼로의 선율이었다. 그리고 향기들, 사라져 버린 노래를 되살릴 수 있는 그 지독한 향기들. 그의 형은 똑같은 향기를 맡았을까? 라고 그는 스스로에게 물었다. 확실히 그랬을 것이다. 왜냐하면 그는 냄새를 맡을 수 있었으니까. 그는 무엇을 들이쉬었을까? 막내는 결코 알 수 없을 것이다. 막내는 자신이 보는 것을 형을 위해 묘사하고 싶은 막을 수 없는 충동에 사로잡혔다. 그는 나누고 사랑하려는 열망에 떠밀려서 자신이 보는 것을 전달할 수 있는 엄청난 능력이 제 안에 가득 차오름을 느꼈다(그리고 바로 그 순간, 맏이가 자기처럼 행동했다는 사실을 떠올렸다. 맏이는 아이에게 모든 것을 묘사했다고 누이가 말해 주었다). 보라색, 하얀색, 노란색이 막내를 꽃술과 향기의 세계로 내던졌다. 그곳에서 냄새는 부드러운 손길이 되어 어떤 장소를 되살렸고, 어머니의 목소리가 막내를 집요하게 부를 때까지 그를 취하게 만들었다. 막내는 세상이 자신의 마음속에 불러일으키는 것을 어머니에게 말하려 했다. 하지만 꽃이 만발한 덤불을 접시꽃, 개나리꽃, 백일홍이라고 간신히 지칭할 수 있었을 뿐, 엄청난 화음을 이루며 폭발했다가 접시꽃, 개나리꽃, 백일홍이라는 밋밋하고 단조로운 읊조림에 녹아들어버리는 보라색, 진노란색, 크림색의 하얀색을 동반할 그 어떤 말도 나오지 않았다. "너 기억력이 대단하구나! 뭐든지 다 기억하네!"라며 어머니는 놀랐다. "아녜요. 아무것도 안 잊어버리는 건데, 그건 달라요."라고 막내는 대꾸했다.

막내는 확실히 또래보다 앞섰다. "막내인데 일등이라니, 아이러니죠."라고 그는 심리 상담사에게 말했다―부모는 막내가 남들과 다르다는 사실을 깨닫고 누이에게 그랬듯 심리 치료를 권했다. 하지만 상담사는 막내의 그 말을 자만이라고 생각했다. 막내인 그는 자신의 일부가 아홉 살이 아니라 1,000살인 반면에 다른 일부는 계속해서 깨어나고 있으며, 그런 커다란 괴리가 자신을 다른 아이들로부터 고립시킨다고 상담사에게 진정으로 말하고 싶었다. 그는 자신이 동떨어져 있다고 느꼈다. 연민이나 아름다움에 무감각한 학

교 친구들이 부러웠다. 어째서 아무도 맹금류의 비행
이나 기사 시대의 왕, 학교 식당에서 일하는 아주머
니의 미소에 반응하지 않는 것일까? 세상의 움직임이
아무 소리도 내지 않고 아무런 울림도 만나지 않는 일
이 가능한가? 이제는 남자애조차 제 목도리를 빼앗아
갔던 아이들과 함께 놀았다. 다른 아이들은 모두 너무
나 외로우면서도 너무나 편안해 보였다. 마법사라는
것은 결국 동떨어지게 만들었다.

그는 누나에게 그 이야기를 하려고 부활절 방학을
기다렸다. 하지만 누이는 오지 않았다. 그녀는 애인
하고 여행을 떠났다. 막내는 제 목덜미에 얹힌 누이의
손을 상상했고, 그것이 그리웠다. 그래서 맏이에게 돌
아섰다. 결국, 그것은 옳은 일이었다. 깊이 망가져 본
사람이어야 그런 일들을 이해할 수 있을 테니까. 하지
만 맏이는 식탁에서 일어나 혼자 걷겠다고 말했다.

막내는 맏이를 따라갔다. 맏이는 별로 멀지 않은
돌멩이들이 납작한 강가로 갔다. 그는 앉아서 무릎을
양팔로 감싸고 더 이상 움직이지 않았다. 막내는 그늘

에서 맏이를 관찰했다. 마음속에서 아이를 향한 질투가 올라왔다. '나한테 장애가 있었다면 형이 나를 보살폈을 거야.'라고 생각했다. 그랬다가 뼛속까지 부끄러워서 고개를 수그렸다.

여름이 끝나가는 어느 날, 누이가 전화를 했다. 어머니가 수화기를 들었고, 창백해졌다. 그녀는 식탁 의자에 앉았다. 목청을 가다듬고 누이가 임신을 했다고 말했다. "검사 결과는 좋대. 아무 문제도 없어."라고 덧붙였다. 아버지는 자리에서 일어나 아내를 끌어안았다. 막내는 절망했다. 누나가 자기를 더 이상 사랑하지 않을 거라고 생각했다. 태어날 아기가 자기 자리를 차지하고 소생에 마침표를 찍으리라. 그 아이가 태어나는 것만으로도 막내는 제 역할을 빼앗길 것이었다. 막내 자신은 이제 아무런 쓸모도 없어질 것이었다. 막내는 식탁 자리에서 일어나 바구니에 담긴 오렌지를 한 개 집어 들고 현관문을 연 다음, 그것을 안뜰에 있는 우리를 향해 있는 힘껏 집어 던졌다.

그것이 막내가 보인 유일한 반항 행위였다. 그런

후에 부엌으로 돌아와서 불안으로 바짝 굳은 부모의 얼굴을 보았기 때문이다. 그는 다시는 그런 짓을 하지 않겠노라고 맹세했다.

뒤이은 성탄절에 삼남매는 따스한 왁자지껄함을 유리창 뒤에 두고 안뜰로 나온다. 나이 든 숙부들은 세상을 떴고, 사촌들에게는 자녀가 생겼다. 합주를 하고 개신교 찬송가를 부르고 진수성찬을 차려 먹는 전통은 유지되었다.

그들은 잠시 빠져 나왔다. 꽁꽁 얼어붙은 그들은 우리에게 등을 붙이고 서고, 사촌 한 명이 사진기를 조절한다. 누이는 웃으며 한 손으로 맏이의 등을 쓸고, 다른 손으로는 막내의 목덜미를 잡는다. 그런 다음 그들은 모두 사진기를 바라보며 움직이지 않는다. 사진이 찍힌다.

누이: 둥근 배를 양손으로 감싸고, 머리는 한쪽으로 기울이고 있다. 입술은 분홍빛이고 이마는 훤칠하다. 가벼운 미소. 회색 터틀넥 스웨터를 입고 있다. 머리카락이 어깨를 덮는다.

맏이: 팔짱을 끼고 똑바로 서 있다. 마음을 알 수 없는 얼굴이지만, 얇은 뿔테 안경 뒤로 보이는 눈은 온화하다. 마른 어깨에 재무부장다운 셔츠 차림이다. 갈색 머리는 짧게 잘랐다.

막내: 사진기를 향해 걸어오듯 가슴을 앞으로 쭉 내밀고 있다. 얼굴은 동그랗고, 영리한 미소를 활짝 짓는다. 웃느라 눈은 가늘게 뜨여 있고, 웃는 입 사이로 교정기가 보인다. 좀 더 밝은 색 머리칼이 헝클어져 있다.

셋은 모두 눈이 아주 크고 갸름한 아몬드 모양이며 그 밑에 그늘이 져 있는데, 너무도 검어서 동공이 홍채와 구분되지 않는다.

모두 그 사진을 한 장씩 받았다. 막내는 그 사진을 받으면서 가족사진에 찍힌 자녀의 수는 항상 똑같다고 생각했다. 셋째만 바뀌었을 뿐이었다.

시간이 더 흘러 막내의 첫째 조카딸이 태어났을 때, 누이와 막내는 다시 등산화를 꺼내 신었다. 그들은 다시 서늘한 아침 공기를 들이마셨고, 접힌 자국이

가득한 지도를 펼쳤고, 도달해야 할 고개를 향해 고개를 치켜들었다. 누이는 오솔길을 앞서 걸으며, 아이가 장애인일까 봐 겁이 났느냐는 막내의 질문에 답했다.

"이상하게도 겁이 안 났어. 일단 산드로하고 한 가지는 확실하게 이야기해 두었거든. 만일 아이한테 문제가 있으면 안 낳겠다고. 게다가 최악을 경험하고 나면 겁이 덜해져. 우리는 그 일을 이미 겪었으니 어떤 건지 알고 있어. 어떻게 반응하고 무얼 해야 할지 알지. 두려움은 앞일을 모르기 때문에 생기는 거야."

누이와 함께 있으면 말이 술술 흘러갔고, 영상이나 소리를 동반하지 않고 말로 남았다. 너무도 간단했다. 막내는 어머니로서 새로운 역할에 대해서, 새로운 나라에 대해서, 새로운 사랑에 대해서 누이에게 물을 수 있었고, 누이와 함께 있을 때면 모든 것이 새로웠다. 새로움은 두려움을 만들어내지 않았다. 그런데 그녀가 아이를 돌본다는 불안감을 어떻게 극복했고, 뭘 해야 할지 어떻게 알았을까?

"생각해 봐. 우리 집에는 10년 동안 아이가 있었잖아. 물론 내가 그 애한테 자주 가까이 가지는 않았지만. 잘 들어 봐. 다른 사람에 대해서는 그 사람이 한 노력만 기억나는 법이야. 그 결과는 불완전하거나 아닐 수 있지만 그건 부수적이야. 노력만 중요하지. 알다시피 산드로의 부모는 산드로가 어렸을 때 이혼했어. 그의 아버지는 가난했어. 단칸방에서 살았지. 하지만 산드로는 어디에서 주워 왔는지 모를 병풍하고, 스펀지랑 바구니로 만든 침대, 아버지가 오로지 아들을 위해서 집안의 한구석을 꾸며 놓은 노력을 기억하고 있어. 그 노력은 냉장고에 캐비어만 채워 놓고 집에 없는 아버지보다 훨씬 나아. 내 아이를 위해서 나는 노력할 준비가 되어 있다고 느껴. 우리 부모님이 했듯이. 그거면 내가 성공하든 아니든 별 상관없어. 중요한 건 다른 거야. 그러니까 내가 스스로 지키기로 한 책임, 우정과 사랑, 관계의 기초를 이루는 책무가 중요하지."

한편 그녀는 결혼할 생각이 없었다.

"왜냐하면 부부는 사회가 우리한테 믿게 만들려고 하는 것과 달리 가장 큰 자유의 공간이거든. 그 관계는 일이나 사회관계와 달리 규범에서 벗어나 있는 유일한 공간이야. 끊임없이 티격태격하면서도 평생 같이 사는 부부가 있는가 하면 조용한 가운데 활짝 피어나는 부부가 있고, 아이를 원하는 부부가 있는가 하면 원치 않는 부부가 있고, 또 어떤 부부한테는 부부 간의 충실함이 가장 중요한 반면에 어떤 부부한테는 그게 부수적이거든. 다른 부부한테는 비정상인 것이 대다수의 부부한테는 평범하게 보일 거야. 또 반대도 마찬가지지. 그 어떤 규칙도 없고, 부부의 수만큼이나 많은 규범이 있어. 그런 커다란 자유를 어떤 공식적인 틀에 집어넣으려 하다니 말도 안 돼."

그녀는 분노를 느낀 듯 숨죽여 말했다. 대체 어떤 기적이 벌어졌기에 삶이 저토록 거세게 때리는 것일까, 라고 막내는 스스로 물었다. 대체 어떻게 해서 저런 열정이 그 여러 해를 거친 후에도 이제 막 생겨나기라도 하는 듯 강렬하게 솟구치는 것일까.

막내는 누이의 말을 듣는 것이 무척 좋았다. 누이가 자신이나 맏이처럼 자기 안에 1,000년의 삶을 지녔다고 생각했다. 그는 그 기이한 오누이를 생각하며 혼자 웃기 시작했고, 그 이야기를 누이에게 했더니 그녀도 웃었다. 아니, 어쨌거나 웃는 것 같았다. 그 좁은 오솔길에서는 누이의 등만 보였으니까. 사람은 산에서 혼자 나아갔다. 막내는 그곳 사람들이 그들이 다니는 길을 닮았다고 생각했다.

산골에 사는 어린이가 보내게 마련인 몇 개월처럼 몇 개월이 흘렀다. 막내는 일월에 강물에 빠졌다. 방앗간 안쪽 한구석에서 갓 태어난 아기 고양이들을 처음으로 발견했다. 멧돼지 몰이를 한다는 신호인 바이칼^Baikal 단발식 소총의 발사음을 알아들었다. 여우와 집박쥐, 오소리가 지나가는지 숨어서 살폈다. 가을에 미루나무가 하룻밤 사이에 온몸에 두른 잎을 전부 떨구어내고 변신한 모습에 경탄했다. 유월에 벨벳 커튼을 이루며 떨어지는 미지근한 비를 느꼈다. 아버지와 함께 그 전년 같은 계절에 세운 건식 돌벽을 보수했다. 구월에 강가에서 마른 가지를 태우며 숲의 공기를 몰아내는 불길 아래에서 마른 가지들이 악기처럼 바람 소리를 낼 때, 수직으로 치솟는 화톳불 주위에서 춤을 추었다.

하지만 어떤 것들은 변하지 않았다.

막내는 동반자와 함께 나아갔다. 매번 산에 더욱 경탄했고, 느끼고 만지고 냄새를 맡을 때면 아이를 생각했다. 막내는 자주 소리에 집중하려고 눈을 감았다. '작은 마법사, 네가 아니었더라면 더욱 잘 보려고 눈을 감을 생각은 절대 하지 않았을 거야.'라고 막내는 생각했다. 아이는 보이지 않는 동반자였다. 아이는 막내의 삶 깊은 곳에 자리를 잡았고, 그런 일은 생기는 법이었다. 나라의 모습을 한 빈자리들이 존재했고, 막내는 아이에게 되돌아가야 했다.

막내는 다른 아이들과 함께 있을 때, 자신이 지닌 차이를 감추기가 점점 더 힘들었다. 산이 온갖 역사를 거쳐 왔고, 그 내재성에 자신의 마음이 크게 흔들리며, 그로부터 죽은 사람들이 결코 완전히 사라지지 않는다는 확신이 생긴다는 말을 다른 아이들에게 대체 어떻게 한다는 말인가? 산의 그 우글거리는 생명력이 몇 세기 전과 똑같음을 그들에게 어떻게 말할까? 동물들의 미세한 움직임 하나하나가 어떤 죽은 이의 기억을 담고 있음을? 그런 말을 하기란 불가능했다. 다

른 사람들은 다름을 감지해 내는 데 있어서 야생동물
만큼이나 재능이 뛰어났다. 어느 날 생물학 교사가 학
생들에게 해부할 물고기를 한 마리씩 가져오라고 했
다. 막내는 비닐봉지 안에서 요리조리 헤엄치는 송어
를 가지고 갔다. 생선 가게에 가서 물고기를 사 온 다
른 아이들은 깜짝 놀라서 막내를 쳐다보았다. 막내에
게 물고기란 살아 있는 상태로만 존재한다는 사실을
아무도 이해하지 못했다.

　막내는 단어들을 만들어냈다. 목자는 양자가 되었
고, 제 자신을 꿈주의자라고 불렀으며, 파홍색(파란색
빛이 나는 분홍색)이 존재하며, 동사 변화형에는 내inside
과거가 있었다. 그렇게 찾아낸 말들을 막내는 아이에
게만 말할 수 있었다. 옛날에 아이가 지내던 방에서
침대 매트리스의 머리 자리에 한 손을 얹은 채 아주
나직하게. 막내는 단어들을 읊었고, 음절의 울림 하
나하나는 나비, 뽕나무가지나방, 풀잠자리, 작은 날벌
레가 되어 침대의 하얀 소용돌이 장식 주위를 맴돌았
다. 막내는 그런 기적을 보여 준 데 대해 형에게 감사
했다.

막내는 시험 시간에 남들보다 일찍 답 쓰기를 마쳤고, 모든 것을 기억하고 모든 것을 이해했기 때문에 다른 단어들을 만들어낼 시간이 있어서 교실이 조용한 가운데 그 단어들을 남몰래 기록했다. 그는 그렇게 성적이 월등했기 때문에 벌 받는 일을 모면했다. 그는 경쟁의식 따위에 전혀 신경 쓰지 않아서 다른 아이들이 베껴 쓰도록 제가 한 숙제를 기꺼이 보여 주었다. 그리고 그는 유머가 있었다. 유머는 막내의 가장 훌륭한 방패였다. 그는 흉내 내고, 연기하고, 어떤 상황을 희화화했으며, 자조를 다룰 줄 알았고, 그런 일들을 너무 잘했기에 심술 맞은 아이들도 결국은 항복하고 웃고 말았다. 그래서 막내는 계속 다른 아이들 집에 초대를 받았고 잔치에는 하나도 빠지지 않고 갔지만, 마을로 학교 친구들을 데려오는 일은 잠시 그만두었다. 그들을 데려오면 불경을 저지른다는 사실이 너무도 명백했기 때문이다. 그 문외한들은 마법사들의 왕국과 어울릴 수 없었다.

자신이 다르다는 인식 때문에 막내는 아이와 더 가까워졌다. 그는 그런 이상야릇한 관계를 생각하며 속으로 미소를 지었다. 그는 미치지 않았다. 하지만 한 가지 사실만은 인정해야 했다. 세상을 떠난 아이에게 말하는 것이 막내가 제 자신을 꾸미지 않는 유일한 공간이라는 사실을. 그는 동물에 대해서도 똑같이 느꼈다. 그는 경솔한 집박쥐가 머리카락에 들러붙거나 도로에서 길 잃은 두꺼비를 만나도 결코 겁먹지 않았다. 누이의 어린 아이들은 무서워서 소리를 질러댔다. 두꺼비는 꿈적도 하지 않았지만, 외침 소리가 들릴 때마다 그 번뜩이는 눈이 몇 밀리미터씩 옆으로 움직였다. 막내는 그런 소동에 두꺼비가 불편해 한다는 사실을 느꼈다. 그래서 등을 잡고 두꺼비를 집어 올려서, 조카들이 공포에 질린 눈으로 쳐다보고 그러면서도 막내를 따라오는 가운데 강으로 내려가 두꺼비를 물에 넣었다.

화창한 아침이면 막내는 새들을 생각하며 진심으로 행복했다. 물가에서 눈을 감고 새들이 지저귀는 소리를 들었다. 그런 순간이면 누이는 딸들에게 막내에게 다가가지 말라고 했다. 누이는 "삼촌이 쉬고 있어."라거나 "삼촌이 조용히 있어."라고 말하지 않고 "숨을 쉬고 있는 거야."라고 말했다.

　막내는 누이가 어머니가 되는 모습을 보는 것이 참
으로 좋았다. 그녀가 자그마한 몸을 감싸는 몸짓을 유
심히 보았고, 자기 형을 돌본 손에 대해 더욱 잘 이해
하게 되었다. 목의 주름 사이에서 나는 냄새, 꼭 쥔 손,
갓 태어난 포유류가 내는 미세한 소리들, 쪽쪽 빠는
소리, 딸꾹질, 끙끙대는 소리, 빠르고 불규칙한 숨소
리가 바로 그런 것이었다. 그는 느리고 긴장된 발리의
전통 춤의 움직임을 닮은 아기 팔의 움직임, 아기의 유
연한 손목이 무척 좋았다. 역사상 모든 전사들은 어느
순간에 발리 춤을 출 줄 알던 작은 존재들이었다고 생
각했다. 그리고 조카들이 처음으로 제대로 된 음절을
말하거나 앞으로 걸으려고 뒤뚱거릴 때, 자신의 가족
이 겪어야 했던 비탄도 더 잘 이해할 수 있었다. 저런
갓난아이 단계에서 머물러 있어야 한다는 것은 얼마
나 큰 고통이었을까, 라고 막내는 생각했다. 아이러니
한 상처처럼 형의 몸은 계속 자라는데 시간이 마치 스
스로를 거부하듯 말이다.

하지만 누이가 한 말은 사실이었다. 그녀는 걱정하지 않았다. 열, 기침, 씩씩거리는 호흡, 피부 발진, 복통 따위는 그녀가 차분하고 단호하게 관리해 가는 어떤 모험의 일부처럼 보였고, 침착하고 책임감 있는 산드로조차 그녀에게 의지했다. 딸들로만 이루어진 자매라서 성별로 아이와 확연히 구분되었기 때문에, 어머니 역할이 세상을 뜬 남동생을 애도하는 마음과 분리되어서 더 쉬운 것일까? 그럴지 모른다. 어쨌거나 누이는 무엇을 해야 할지 아는 것 같았다. 몸짓과 말, 자장가를 알았다. 가끔 막내는 누이가 자기 딸들을 대할 때 상상력이 부족하다는 사실을 아쉬워하며, 누이가 가끔은 흐트러진 모습을 보였으면 했다. 그만큼 누이는 두려움도 의심도 없는 군인처럼 보일 때가 있었기 때문이다. 하지만 막내는 자기가 찾아낸 공책을 떠올리고 입을 다물었다. 그는 누이를 우러러보았다. 그녀는 산전수전 다 겪었기에 더 이상 아무것도 두렵지 않을지 몰랐다.

막내 역시 더 이상 두렵지 않았다. 자신의 자리는 그대로였다. 누이는 현명해서 막내에게서 무언가를 빼앗아 자기 아이들에게 주지 않았다. 두 사람은 산행을 떠났고 대화를 나누었다. 막내는 누이를 존중해서 그 이상은 요구하지 않았고, 누이 자신이 원하는 부모가 될 전적인 자유를 그녀에게 남겨 두었다. 그들이 산행을 간 어느 날, 막내가 누이에게 던진 유일한 질문은 어째서 그녀가 자기 아이들의 손을 잡지 않고 목덜미를 잡느냐는 것이었다. 그녀가 막내를 가만히 쓰다듬을 때처럼 막내를 만질 때면 매번 어째서 목덜미인가. 몇 걸음을 더 가서야 대답을 들을 수 있었다. 대답은 등 뒤에서 들려왔다. 좁은 길을 걷고 있었으니까.

"그 이유는, 어느 날 내가 아이를 들려고 겨드랑이를 붙들어 올렸는데, 머리가 뒤로 축 쳐져서 머리가 허공에 대롱대롱 흔들렸어. 너무 놀라서 손을 놔 버렸지. 머리 뒤쪽이 덱 체어의 천에 부딪쳐 튕겨 올랐는데, 허공에서 달랑거리던 그 목덜미를 생각하면 너무 끔찍해. 떨어지면서 그 목 때문에 머리가 앞으로 수그러졌고 아이는 몸을 움츠리며 한껏 접혔어. 내가 제대로 받쳐 주지 못한 목덜미야. 그 부분이 꼭두각시의 실처럼 몸하고 연결되어 있으면서 얼마나 약하고 가는지 깨달았어. 만일 그 목이 부러졌다면 어땠을지 상 상이나 되니. 그 이후로 나는 목덜미를 받쳐."

누이의 딸들이 와 있으면 집은 기쁨과 외침으로 가득 찼고, 오렌지 와플 냄새와 포르투갈어가 온 집 안을 가로질렀다. 그래서 부모는 여름 방학이 오기를 간절히 기다렸다. 막내는 시합을 벌이려고 검을 여러 개 만들었고, 사자왕 리처드에 관한 글을 카드에 적었 고, 깃발에 그려진 문장을 알아보는 퀴즈를 준비했다. 소리에 그토록 민감한 맏이조차 마음을 조금 열었다. 아이들 뒤쪽에서 자전거의 브레이크가 잘 작동하는 지, 그네가 튼튼하게 매달려 있는지, 과수원이 미끄럽 지는 않은지 확인하는 사람이 맏이였다. 맏이는 특히 자기만큼이나 말이 없고 항상 논리 게임과 퍼즐, 수수 께끼 놀이를 하자고 조르는 누이의 둘째 딸을 아꼈다. 그는 말을 잘 골라서 참을성 있게 대답해 주었고, 몸 을 구부려 조카딸의 운동화 끈을 다시 매어 주었다.

어느 날, 막내는 안뜰에서 우리들의 그늘 아래 앉 아 있는 두 사람을 우연히 보았다. 맏이는 눈썹을 살짝 찌푸린 채 연필로 책장을 가리키며 나직하게 말하고 있었다. 맏이와 똑같은 짙은 갈색 머리칼이 어깨를 덮는 소녀는 맏이의 팔뚝에 뺨을 얹은 채 숫자로 가득한 네모들을 집중해서 강렬하게 바라보고 있었다. 두 사람이 너무 몰두해 있어서 막내는 감히 숨조차 쉴 수 없었다. 여름의 정지된 공기 속에서 담 너머로 강물 소리만 들려왔다. 바로 그때, 중세 문에 서 있는 누이가 보였다. 그녀도 맏이와 자기 딸을 쳐다보고 있었는데, 두 사람이 보내는 눈길이 이루는 바이스에 꽉 물린 그들은 여전히 계속 아무것도 눈치채지 못했다. 누이는 여느 때와 마찬가지로 전장을 살피는 장군처럼 염려하며 **확인하는 것**이라고 막내는 생각했다. 누이의 눈길이 막내의 눈길과 마주쳤다. 그러자 막내는 눈길을 거두지도, 그녀에게 다가가지도 않고 승리의 신호로 엄지손가락을 들어 보였다. 그녀는 소생을 성공시켰다.

그 당시 여름에, 아이를 받쳤던 두터운 쿠션 두 개를 바깥 안뜰에 다시 가져다 놓았다. 이제는 조카들이 그 위에서 뒹굴고 뛰었다. 가장 어린 셋째 조카는 심지어 거기에서 낮잠을 자기도 했다. 우리는 맏이와 누이의 얼굴 위로 베일이 드리워지는 모습을 여러 번 보았고, 왜 그런지 알았다. 무릎을 벌리고 발바닥이 움푹 들어갔으며 머리칼이 산들바람에 가볍게 움직이던, 잠들지 않고도 잠든 것처럼 보이던 다른 몸의 환영이 스쳐 지나갔다. 하지만 이제 그곳에 있는 것은 눈을 비비며 간식을 달라고 조르는 온전한 두 살짜리 아이였다.

그 모든 식구가 리스본으로 떠나고 맏이도 도시로 돌아가고 나면, 막내는 다시금 제자리를 차지했다. 셋이 함께하는 저녁 식사 시간을 되찾았다. 그는 미세한 행복들로 이루어진 일상의 흐름 속에서 부모와 함께 시간을 보내는 일이 좋았다. 그는 역사 공부를 할 수 있을 저녁 시간을 미리 음미했고, 문장에 그려진 그림과 문자로 이루어진 언어를 배우고 싶었다. 또 잠시 자리를 비우기라도 했듯 마음속 깊은 곳에서 다시 아이와 이야기하기 시작했다. 다시금 아이에게 자연의 은밀한 대응에 대해서, 산의 비밀스런 주름과 늪 근처의 멧돼지들, 돌멩이 아래에 있는 쥐며느리에 대해 말했다. 막내는 제 영토를 되찾았고, 그 영토는 세상을 뜬 형이었다. 그들은 사실 넷, 부모와 막내, 아이였다 — 그것을 누가 탓할 수 있겠는가.

부활절 방학 중 어느 날 저녁, 폭풍우가 산에 온통 휘몰아쳤다. 번개가 줄을 그리는 시커먼 하늘에서 천둥이 북소리를 울렸다. 비가 세차고 시끄럽게 떨어져서 강물이 갑자기 불어났다. 물은 초콜릿색이었다. 강물은 거세게 흘렀다. 흐르는 물이 강가에 있던 나무들의 껍질을 잡아 뜯어서 그 허리가 벌거숭이가 되었다. 강물이 나뭇가지와 자갈을 굴리고 요란하게 흐르면서 예전에 할머니가 지내던 집의 테라스까지 혀를 날름거리는 소리가 들렸다. 우리들은 잘 버텼다. 우리 중 하나가 벽에서 떨어져 나갈 것임을 알았고, 그 돌멩이가 바람에 휩쓸려 청석 돌 바닥 위를 구를 것임을 알았다. 바람은 오랜 옛날부터 우리의 적이었다. 바람은 우리가 두려워하지 않는 불이나 물보다 훨씬 더 강하다. 바람만이 우리를 해체해 버릴 수 있다.

소방차의 전조등이 빗줄기로 난자당하는 안개를 뚫고 나타났다. 더 후미진 마을에서 전신주가 어느 집 지붕 위로 떨어졌는데, 물에 휩쓸린 자동차 한 대가 그곳까지 가는 길을 막고 있었다. 비가 너무 많이 오자 산에서는 작은 폭포들이 철사처럼 팽팽하게 급히 도로로 떨어졌다. 소방차는 차의 지붕 위로 떨어지는 물의 기세에 놀라 다리를 들이받을 뻔했다.

모두가 그런 맹렬한 위세를 잘 알고 있었다. 오후에 아버지는 자동차들을 더 높은 곳에 세웠고, 도구들을 높이 올려 두었으며, 장작 저장고를 판자로 막았고, 정원의 가구를 들여놓고 지하 저장고의 환기창을 전부 열어 두었다—물은 절대 가두어서는 안 되고 순환하게 놔두어야 했다. 아버지와 어머니, 맏이와 막내는 강물이 올라오는 모습을 지켜보다가 필요한 경우에 조치를 취하려고 강물이 보이는 창문 앞에 자리를 잡았다. 막내는 아이의 방에 피신해 있었다. 그는 나무들이 바람에 몸을 비트는 모습을 바라보았다. 전나무들은 가지를 아래에서 위로 새처럼 흔들었다. 막내는 동물들이 제 몸을 보호할 수 있기를 간절히 바라며 요란한 핑음이 마음속에 가득 들어오게 놔두었다. 그는 마음속으로 새 둥지들의 위치와 두꺼비가 알을 낳는 강물 속 구멍들, 여우 굴, 멧돼지의 진흙 웅덩이, 도마뱀이 몸을 숨기는 벽의 균열들을 하나하나 열거했다. 그중에서 남은 것은 거의 없을 터였다. 물이 모든 것을 쓸어 가서 막내의 친구들의 은신처를 없애버렸다. 몸을 둥글게 말고 있을 쥐며느리들조차 빗물에 휩쓸려 굴러갔을 것이다.

막내는 안뜰 문을 두드리는 소리를 듣고 화들짝 놀랐다.

양치기였다. 물줄기를 술처럼 드리운 챙이 넓은 가죽 모자를 쓰고 기다란 비옷을 입고 있었다. 그는 아버지와 악수를 했다. 그는 천둥소리를 뒤덮는 커다란 목소리로 며칠 전부터 자기가 치던 양들 중 한 마리를 찾고 있는데, 비가 많이 와서 그 양이 오래된 방앗간에 피신해 있다고 설명했다. 그 양은 아팠다. 양치기는 자기가 그 양을 들어서 트럭에 싣는 일을 도와 줄 수 있는지 물었고, 아버지는 "물론이죠."라고 대답하며 아들 녀석들한테 알리겠다고 했다.

맏이와 막내는 장화를 신고 옷에 달린 후드를 뒤집어썼다. 밖에서는 비가 엄청나게 쏟아졌고 천둥까지 쳤다. 그들은 고개를 수그리고 앞으로 나아갔다. 비가 마치 화난 아이의 주먹처럼 어깨를 세차게 두드렸다. 물로 된 천이 그들의 발목을 휘감았다. 그들은 속도를 내어 다리를 건넜다. 다리 아래로 물이 갈색 거품을 일며 세차게 흘렀다. 그들은 산등성이에 낸 띠 모양의 밭에서 왼쪽으로 꺾어져 방앗간까지 갔다. 낮은 문을 지나려고 다시 몸을 수그렸다.

막내는 동굴에 들어서는 느낌을 받았다. 고요했고, 그림자가 져 있었으며, 공기는 서늘했다. 돌들은 물로 흥건했다. 빗소리만 들렸다. 어둠 속에서 어떤 존재감이 느껴졌다. 암양은 옆으로 누워 있었다. 막내에게 비정상적으로 커다란 양의 베이지색 배와 가느다란 다리, 번뜩이는 발굽이 보였다. 양은 배를 부풀리며 헐떡였고, 막내는 그 배를 만지고 싶은 마음을 억제할 수 없었다. 부드러웠다. 등록번호가 적힌 플라스틱 라벨이 꽂힌 양의 귀도 더없이 부드러웠다. 양은 계속 눈을 감고 있었다. 막내는 아주 둥글고 거의 뻣뻣하기까지 하며 검고 긴 속눈썹으로 감싸인 양의 눈꺼풀을 가만히 손으로 만져 보았다. 양의 윗입술이 떨리고 있었다. 비가 지붕을 두드리는 소리에 뒤섞여 양의 짧은 숨소리만 울렸다. 막내에게는 단 하나의 소리, 가볍게 다각거리며 걷는 소리가 들리는 것 같았다. 생명이 떠나는 소리일 거야, 라고 막내는 생각했다. 그의 눈앞에서 손에 흔들려 일렁이는 초록색 거대한 천이 반짝이며 올라갔다. 아버지의 목소리를 듣고 막내는 방앗간으로 되돌아왔다.

"저 녀석을 여기에서 꺼내게 도와줘."

두 사람은 양의 네 발굽을 붙들고 셋까지 센 다음에 양을 들어 올렸다. 양은 무거웠다. 양치기가 트럭의 뒷문을 열어 두었다. 그 옆에는 맏이의 어렴풋한 실루엣이 그들을 기다리는 것처럼 보였다. 후드가 그의 얼굴을 가리고 있었다.

방앗간에서 나올 때, 양의 머리가 아버지의 팔에서 미끄러져 허공에서 대롱거렸다. 순간적으로 양은 죽은 짐승처럼 묵직해지면서 기이하게 허공을 휩쓸었다. 목의 살갗이 뻣뻣했다. 두 사람은 양의 몸뚱이를 좌우로 몇 차례 흔들어 힘을 실었다. 짐승을 놓자 트럭이 흔들렸다.

"고창(소의 혹위에서 음식물의 이상 발효로 갑자기 많은 가스가 생겨 배가 불룩해지는 병을 뜻한다 —옮긴이)이네요."

아버지가 무릎에 손을 얹고 숨을 고르며 양치기에게 말했다. 양치기가 동의했다.

"개자리, 아니면 토끼풀?"

그가 마치 자기 자신에게 말하듯 물었다.

"어쨌거나 고창이군요."

막내는 그 단어를 음미할 수도 있었겠지만, 더 이상 듣고 있지 않았다. 그는 트럭 안에 있는 맏이의 커다란 몸을 쳐다보고 있었다. 맏이는 후드를 젖혀 걸었다. 무릎을 꿇더니 점점 더 빠르게 숨을 쉬는 암양 위에 몸을 기울이고 있었다. 하얀 거품이 양의 입가로 흘러나왔다. 맏이는 그 옆에 나란히 누워서 양의 머리에 제 이마를 갖다 대었다. 한 손으로 양의 부푼 배를 부드럽게 쓰다듬었다. 짙은 색의 털 위에서 하얀 점이 오가는 것처럼 보였다. 맏이는 암양에게 들리지 않는 말들을 속삭였다. 막내는 그 둘을 유심히 관찰했다. 맏이의 갈색 머리털은 짐승의 털과 구분할 수 없었다. 막내에게는 비가 그들을 고립시키려는 듯 더욱 세차게 내리는 것처럼 생각되었다. 나의 형은 쇠약한 존재에게 관심을 갖는다, 그는 자기 자리에 있다, 라고 막내는 생각했다.

아버지는 조금 거북해하며 맏이가 자리에서 일어나서 양을 가만히 바라보다 마침내 트럭의 문을 닫을 때까지 양치기와 대화를 계속했다. "나중에 소식 전해 주세요."라고 아버지가 말했고, 양치기는 제 모자의 가장자리를 가볍게 손으로 건드렸다. 그는 트럭의 시동을 걸었다. 전조등이 빗줄기로 흐릿해진 공중으로 퍼지더니 사라졌다. 어머니의 목소리가 그들을 불렀다. 그들은 집으로 향했다. 안뜰에 들어가는 순간, 바람이 마침내 잦아들고 빗줄기가 가늘어지기 시작할 때, 우리들은 막내가 맏이의 손에 제 손을 밀어 넣고 맏이가 그 손을 받아들이는 모습을 보았다.

저녁 식사 때, 막내는 더욱 용기를 내어 심장을 두근거리며 제 머리를 맏이의 어깨에 얹었다. 그때도 맏이는 꿈쩍하지 않았다. 그러자 어머니는 자신의 휴대전화를 꺼내 두 사람의 사진을 찍었다. 그 사진을 누이에게 보냈다. 아버지가 아내에게 몸을 기울여 아무도 듣지 못하게 아주 낮은 목소리로 말했다.

"상처 입은 아이 하나, 반항아 하나, 부적응한 아이 하나, 마법사 하나로군. 이만하면 잘 키웠네."

그들은 서로에게 미소를 지었다.

이 소설은 한 가족, 특히 그 집안의 아이들이 심한 장
애를 지닌 동생과 그들을 둘러싼 환경에 어떻게 적응
했고 변했으며 되살아났는지 그린다. 작품을 비평하
는 것은 나의 능력을 벗어나는 일로서, 이 책을 읽고
옮기면서 중심으로 삼은 네 가지 핵심어와 간략한 소
감을 전하고자 한다.

장애 – 장애를 지닌 '부적응한' 아이가 태어났다.
아이는 보지도, 말하지도, 움직이지도 못하고 오로
지 청각과 촉각으로만 세상을 접한다. 그 셋째 아이의

장애가 발견되면서 가족은 어떤 단절을 경험하고, 자신들이 그 이전에 누리던 행복이 행복이었음을 모르고 지낸 날을 그리워한다. 독자는 장애를 지닌 아이가 세상을 보는 관점을 이 소설에서 직접 접하지 못하고, 아이의 형과 누나라는 필터로 걸러진 아이를 본다.

가족 – 가족은 과거를 그리워하며 그저 머물러 있을 수만은 없다. 그들은 지난날과 앞날을 가르는 균열을 뛰어넘어 각자의 방식으로 미래를 향해 나아간다. 부모는 "약간 죽었"지만 열심히 맞섰고, 맏이는 헌신했으며, 누이는 반발했다. 그리고 모두 서로 다르게 깊은 사랑을 체험했다. 아이가 열 살의 나이로 죽은 다음에 태어난 '막내'는 예민한 감수성으로 아이가 가족에게 남긴 흔적을 감지해내며, 자신이 경험하지 못한 과거를 상상하고, 어떤 의미에서 죽은 아이를 되살린다.

산, 자연 – 이 가족의 체험은 그들이 살아가는 장소인 세벤 산맥과 분리할 수 없다. 자연의 존재가 최소화된 인간이 구축한 도시와 달리, 산속에서 인간은 끊임없이 자연과 접촉하며 살아간다. 가축이 다니는 비좁은 길, 암석에 뿌리를 뻗고 자라는 삼나무, 엄청난 기세로 강물을 불리고 바람을 휘몰아쳐 인간이 지은 것을 파괴하고 휩쓸어 가는 폭풍우. 자연은 아무런 악의 없이 인간에게 시련을 가하며, 인간적인 분노와 슬픔에 아랑곳하지 않는다. 그런 자연 속에서 인간은 자신에게 주어진 것을 가지고 있는 힘껏 살아간다. 학습하고 적응하고, 수리하고 보수한다.

돌멩이들 – 이 소설의 독특한 점은 화자가 집 안뜰 돌담에 박힌 돌멩이들이라는 점이다. 돌멩이들은 이따금 '우리'라는 말로 자신이 화자임을 독자에게 상기시키며 '자연'의 일부로서 그들이 목격하는 가족, 특히 아이들의 경험을 기술한다. 이로써 개인의 경험은 시간을 뛰어넘는 유구함을 띤다. 가족이 이름으로 지명되지 않는 것도 화자가 돌멩이들이기 때문이리라. 그 장소에서 살아간 무수한 사람을 수백 수천 년 동안 보아 온 그들에게 이름 따위가 무슨 소용일까?

나는 일단 독자로서 이 소설을 읽으면서 자연스레 장애와 가족에 관한 나의 경험을 돌이켰다. 장애인을 보는 나의 시선은 어떤가, 나에게 만일 장애를 지닌 형제자매가 있다면, 장애를 지닌 자녀가 있다면 나는 과연 어떻게 '적응'했을까? 한편 프랑스어를 우리말로 옮길 때에는 무엇보다 '산-자연'이라는 키워드를 놓지 않으려 했고, 화자인 '돌멩이들'도 잊지 않으려고 애썼다. 대부분 과거형으로 기술되고 간간히 현재형이 끼어드는 이 소설의 문체는 광물적이고 담백하다. 이런 문체가 내용과 어우러져 독자에게 더없이 미세한 감정을 전달한다고 생각한다. 아마 그래서 이 작품이 프랑스에서 많은 독자의 사랑과 여러 문학상(고등학생들이 뽑은 공쿠르[Goncourt]상, 페미나[Fémina]상, 랑데르노[Landerneau] 문학상)을 받았을 것이다. 글을 옮기는 사람으로서 그러한 소설의 느낌을 제대로 옮길 수 있기를 바랐다. 더불어 프랑스 남부 세벤 지방의 독특한 풍속과 분위기를 발견하고 한국어로 옮기는 일도 즐거웠다.

원서의 제목은 '적응', 조금 더 정확히 말하면 '적응하다[S'adapter]'이다. 적응은 이 소설에 나온 인물들이 취한 다양한 태도와 행위를 모두 아우르는 말이라는 생각이 든다. 그들이 한 일은 바로 적응이다. 그 이상도 그 이하도 아니다. 장애를 지닌 아이에게, 또 세상을 떠났어도 모두에게 결코 사라지지 않은 존재인 아이에게 적응하기. 적응하는 방식에는 정답이 없다. 바로 그렇기에 우리는 계속 이 세상을 살아갈 수 있는지 모른다.

2022년 7월, 이정은

사 라 지 지 않 는 다

초판 1쇄 발행 2022년 10월 18일
초판 2쇄 발행 2022년 10월 25일

지은이 클라라 뒤퐁-모노
옮긴이 이정은
펴낸이 김기용 김상현

편집 전수현 김승민　**디자인** 이현진　**마케팅** 조광환 김정아 박지훈
콘텐츠홍보 김지우 조아현 송유경 성정은　**경영지원** 홍성현

펴낸곳 필름(Feelm) 출판사
등록번호 제2019-000086호　**등록일자** 2016년 6월 13일
주소 서울시 영등포구 양평로30길 14, 세종앤까뮤스퀘어 907호
전화 070-8810-6304　**팩스** 070-7614-8226
이메일 book@feelmgroup.com

필름출판사 '우리의 이야기는 영화다'

우리는 작가의 문체와 색을 온전하게 담아낼 수 있는 방법을 고민하며 책을 펴내고 있습니다.
스쳐가는 일상을 기록하는 당신의 시선 그리고 시선 속 삶의 풍경을 책에 상영하고 싶습니다.

홈페이지 feelmgroup.com　**인스타그램** instagram.com/feelmbook

ISBN 979-11-92403-13-7 (03860)